VIE

DE

SAINT JEAN DE LA CROIX

ÉCRITE EN SOUVENIR
DU TROISIÈME CENTENAIRE DE SON BIENHEUREUX TRÉPAS
(1591-1891)

Par le R. P. Alphonse-Marie de Jésus

CARME-DÉCHAUSSÉ

DEUXIÈME ÉDITION

*Augmentée d'un important appendice destiné à promouvoir la cause
du doctorat de ce saint*

TRADUITE DE L'ITALIEN

Par l'Abbé J. Feige

Professeur au Petit Séminaire de Mélan (Haute-Savoie)

LYON

LIBRAIRIE GÉNÉRALE CATHOLIQUE ET CLASSIQUE

Emmanuel VITTE, Directeur

IMPRIMEUR-LIBRAIRE DE L'ARCHEVÊCHÉ ET DES FACULTÉS CATHOLIQUES
3, place Bellecour, 3

1891

S. JEAN DE LA CROIX

PREMIER CARME DÉCHAUSSÉ

Protecteur des âmes affligées

1591–1891

VIE

DE

SAINT JEAN DE LA CROIX

ÉCRITE EN SOUVENIR

DU TROISIÈME CENTENAIRE DE SON BIENHEUREUX TRÉPAS

(1591-1891)

Par le R. P. Alphonse-Marie de Jésus

Carme-Déchaussé

DEUXIÈME ÉDITION

Augmentée d'un important appendice
destiné à promouvoir la cause du doctorat de ce saint.

TRADUITE DE L'ITALIEN

Par l'abbé H. FEIGE

Professeur au petit séminaire de Mélan (Haute-Savoie).

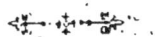

LYON

LIBRAIRIE GÉNÉRALE CATHOLIQUE ET CLASSIQUE

EMMANUEL VITTE, DIRECTEUR

Imprimeur de l'Archevêché et des Facultés catholiques
3, place Bellecour, 3.

1891

APPROBATION

DE

MONSEIGNEUR L'ÉVÊQUE D'ANNECY

———

La Vie des saints est, de nos jours plus qu'en aucun autre temps, d'une extrême utilité pour les fidèles. La connaissance de la morale chrétienne et de l'esprit du saint Evangile ne saurait suffire : il faut voir en action ces principes et cet esprit. C'est pourquoi les directeurs des maisons d'éducation, comme aussi les personnes qui s'occupent des bibliothèques de paroisses ou d'associations, doivent rechercher avec soin les livres qui font le mieux revivre les saints devant nos yeux. C'est par ces motifs que Nous avons eu pour très agréable la communication qui Nous a été faite de la traduction d'une Vie de saint Jean de la Croix, *écrite tout récemment en italien, par un religieux de son ordre. Nous félicitons l'auteur de ce travail, M. l'abbé Hilaire Feige, d'avoir fait un si heureux emploi des rares moments de loisir que lui laisse l'enseignement dont il est chargé dans notre petit séminaire.*

Annecy, le 17 mars 1891.

† LOUIS, *évéque d'Annecy.*

AVERTISSEMENT

Cette modeste biographie de notre saint père, Jean de la Croix, est extraite du riche et précieux Compendium de la vie de ce saint, composé par un Carme-Déchaussé, à Savone, en 1857.

Nihil obstat. — R. Bonora, Cens. Eccl.
Imprimatur. — E. Can. Zanasi, Canc. Eccl.

—

VIE
DE SAINT JEAN DE LA CROIX

COLLABORATEUR DE LA

SÉRAPHIQUE MÈRE SAINTE TÉRÈSE DE JÉSUS
DANS LA RÉFORME DU CARMEL
ET PREMIER CARME-DÉCHAUSSÉ

I

NAISSANCE DE JEAN — SON ÉDUCATION

1. L'Espagne, cette mère féconde en héros de sainteté, fut la patrie de Jean de la Croix. Ce saint naquit le 23 juin 1542, à Fontiveros, dans la Vieille-Castille. Son père, Conzale de Jepez, descendait d'une famille noble et illustre que la fortune inconstante avait fait déchoir de sa première grandeur. Sa mère, Catherine Alvarez, était d'une origine plus modeste, mais Dieu l'avait enrichie des plus précieuses qualités de l'âme. Jean eut deux frères

aînés : Louis, qui s'éteignit jeune encore,
et François, qui mourut à un âge très
avancé, avec la réputation d'un saint.

L'aurore de la vie de Jean fit prévoir
quel serait son matin. En effet, prévenu
des plus abondantes bénédictions du ciel,
il manifesta aussitôt, et comme s'ils eussent été innés en lui, un irrésistible attrait
pour le bien, un esprit généreux, une volonté énergique et inébranlable. A la modestie angélique de son maintien, à une
éminente piété et à une dévotion très
tendre envers l'immaculée Vierge Marie,
il unissait la précocité d'un jugement déjà
mûr. Aussi, ne s'étonnera-t-on pas qu'il
eût dès lors en horreur tout ce qui pouvait
déplaire à son Dieu.

On rapporte qu'un jour, comme il prenait avec quelques enfants, ses camarades,
un honnête divertissement, près d'une
mare profonde, le pied lui manqua et il
tomba à l'eau. Trois fois il se releva et
trois fois il fut replongé au fond de la
mare ; mais, soudain, il reparut flottant à
fleur d'eau. La Reine du ciel lui apparut
alors sous la forme d'une très belle dame,

environnée d'un éclat éblouissant. Elle lui tendit la main pour le retirer de l'eau et lui demanda de tendre la sienne ; mais Jean n'osa pas, car ses petites mains étaient toutes souillées de boue. Alors, la Vierge le prit par dessous le bras, le soutint assez longtemps sur l'eau, jusqu'à ce qu'un inconnu, qui passait tout près, fût venu le retirer de la mare.

A de tels débuts, l'antique Serpent jugea des progrès que ferait Jean et se prit à le haïr et à le molester. Un jour qu'il passait avec son frère, le V. François, sur les bords d'un étang, un monstre horrible en sortit à l'improviste, et s'élança avec impétuosité sur Jean, comme s'il eût voulu le dévorer. Notre jeune héros, sans s'émouvoir, fit simplement le signe de la croix, et le monstre prit la fuite.

2. Jean était encore enfant, lorsqu'il perdit son père. Bientôt, sa mère quitta Fontiveros pour aller s'établir à Médina del Campo. Là, espérant que le travail de Jean améliorerait leur pauvre situation, elle l'engagea à s'exercer à quelque art mécanique. Mais Jean n'avait d'apti-

tude pour aucun, et aucun ne lui réussit. Sa pieuse mère, inspirée sans doute d'en haut, le plaça alors dans le collège des *Enfants de la Doctrine chrétienne*, pour apprendre les premiers éléments des belles-lettres. Ses succès y furent des plus heureux.

3. A l'âge de douze ans, il entra dans l'antique et célèbre hôpital de Medina del Campo, au service des malades. Il triompha de toutes les répugnances naturelles, si bien qu'il ne se refusait à aucun emploi, pour abject qu'il fût, dès qu'il s'agissait d'être utile aux pauvres infirmes. Il portait secours à leur âme autant qu'à leur corps, avec une charité des plus ingénieuses et des plus délicates. Dans le même temps, il suivait avec succès les cours de philosophie que donnaient les RR. PP. de la Compagnie de Jésus, dans le collège ouvert par S. François de Borgia, en 1551. A ces travaux manuels et intellectuels, il ajoutait encore l'exercice quotidien de la présence de Dieu, de longues et ferventes oraisons mentales et vocales, et de rudes mortifications corporelles.

Le démon, jaloux, essaya de nouveau de le perdre. Jean tomba un jour dans un puits si profond que tous le crurent noyé. Ils accoururent à la margelle et le virent se soutenant à la surface de l'eau et demandant une corde. On s'empressa de la lui jeter ; il s'en ceignit le corps, l'étreignit et fut promptement retiré sain et sauf. Les spectateurs étaient émerveillés du fait. Mais lui, avec une admirable simplicité, leur raconta qu'une belle dame l'avait retiré du fond de l'eau et soutenu à la surface sur son manteau. Ce miracle nous prouve combien cet ange d'innocence était déjà cher à l'auguste Vierge Marie.

II

SON ENTRÉE DANS L'ORDRE DU CARMEL

1. Lorsqu'il eut atteint l'âge de vingt ans, Jean songea au choix d'un état de vie. Cet acte est d'une souveraine importance, car de lui dépend le sort éternellement heureux ou malheureux d'une âme.

Aussi, pour connaître plus sûrement la volonté divine, Jean se tourna-t-il avec plus d'ardeur et par de plus ferventes prières vers sa puissante et aimable Avocate Marie, Mère du Bon-Conseil. S'il fut exaucé, la magnanime résolution qu'il prit alors, comme éclairé d'une lumière céleste, nous le prouve. L'illustre et pieux chevalier de Tolède, Alphonse Alvarez, était administrateur de l'hôpital. Il en offrit la chapellenie à notre saint, afin que cette dignité lui servît de titre pour être ordonné prêtre. Jean refusa. Ce sublime désintéressement lui valut d'entendre un jour du ciel une voix prononçant distinctement ces paroles : « Vous devez me servir dans un ordre religieux auquel vous aiderez à rendre sa première ferveur. » Jean ne comprit pas tout d'abord le sens de cet oracle, et, par l'effet de son humilité, ne s'évertua pas à l'approfondir. Ayant connu que le Seigneur l'appelait à la vie du cloître, il ne tarda pas, dans le choix de son Ordre, à donner ses préférences au Carmel. L'unique mobile qui l'y porta, fut que cet Ordre admirable avait toujours été l'objet d'un amour singulier de la part de la Reine du ciel. Un jour qu'elle était apparue au pape Jean XXII, elle avait daigné appeler elle-même le Carmel « *mon Ordre* », et, dans une autre circonstance, elle lui avait accordé une précieuse faveur, en donnant à S. Simon Stock, dans une apparition merveilleuse, le saint scapulaire du Carmel. D'après les promesses de Marie, ceux qui sont agrégés à ce scapulaire, non seulement échapperont à l'enfer, mais seront délivrés du purgatoire, au plus tard le premier samedi après leur mort.

2. Cependant, Jean avait dit adieu à sa bien-aimée mère (1) et à son illustre bienfaiteur, Alphonse Alvarez. On l'avait reçu avec le plus grand bonheur au couvent des Carmes de Medina del Campo, en 1563. Il avait vingt et un ans. En se revêtant des saintes livrées du Carmel, il redoubla de ferveur et prit le nom de *Jean de Saint-Mathias*. L'année suivante, il

(1) Cette admirable mère, adoptée comme une sœur par sainte Térèse, mourut en odeur de sainteté au monastère de Medina del Campo.
(*Note de l'auteur.*)

prononça ses vœux solennels. Il devint
bientôt pour ses frères une lumière éclatante de la perfection religieuse, et le
véritable héritier de l'esprit et de la vertu
de notre saint père Elie : *In spiritu et
virtute Eliæ* (S. Luc, 1, 17).

3. De Medina del Campo, ses Supérieurs
l'envoyèrent étudier la théologie dans la
célèbre Université de leur Ordre, à Salamanque. Grâce à la perspicacité et à la
vigueur de son intelligence, il fit dans les
sciences sacrées un tel progrès qu'il devint en peu de temps un maître consommé,
surtout dans la théologie mystique. Pendant le cours de ses études, son zèle pour
sa propre sanctification, loin de se refroidir,
allait s'enflammant de plus en plus. Il
s'était choisi une cellule étroite et obscure que tous ses autres confrères avaient
refusée. Jean y trouvait un précieux avan-
tage, car de sa petite fenêtre il pouvait
voir l'église et même le tabernacle. Cette
fenêtre était si étroite, qu'elle ne suffisait
pas à éclairer sa table de travail. Notre
étudiant enleva quelques tuiles du toit, et
les pauvres rayons de lumière qui descen-

daient par cette ouverture lui rendirent
possible la lecture de ses livres. Il demanda
et obtint de son prieur la permission de
suivre, en son particulier, tous les points
prescrits par la Règle primitive, confirmée
par Innocent IV, sans toutefois s'écarter,
dans la vie commune, des autres religieux
qui observaient la Règle mitigée d'Eugène IV. Il ne se dispensa jamais de
l'office de chœur, s'y rendant toujours le
premier et en sortant le dernier. Il était
de même, pour tous les autres points de la
Règle, de la plus parfaite exactitude. Nous
savons par un grand nombre de témoins,
tous dignes de foi, que dans l'abstinence,
les veilles, les jeûnes, le silence, la retraite, et la pratique d'une pauvreté absolue, il surpassa de beaucoup les moines les
plus réguliers.

4. Ce fut dans cette sainteté de vie qu'il
atteignit sa vingt-cinquième année. Ses
Supérieurs le jugèrent digne d'être promu
au sacerdoce. Jean, au contraire, déclara
qu'il était indigne de cette faveur et s'y
opposa ; les Supérieurs durent avoir recours à un ordre.

Lors de la célébration de sa première messe, pendant qu'il élevait l'Hostie consacrée, il entendit, comme dans son cœur, une douce et pénétrante voix ; elle lui annonçait que l'incomparable don de la confirmation en grâce lui était accordé. La vie de notre saint nous est une preuve évidente qu'il avait obtenu cette magnifique faveur : il la passa tout entière dans une parfaite pureté, exempt de tout péché mortel. Mais, ce qui le prouve mieux encore, c'est son propre témoignage. Voici le fait qui, dans le procès de sa canonisation, fut déposé sous la foi du serment par la V. Mère Anne-Marie de Jésus. Le Saint lui avait dit en confidence que, lors de sa première messe, il avait supplié Notre-Seigneur qu'après l'avoir élevé si haut sans mérite de sa part, il ne l'abandonnât jamais en le laissant commettre un péché mortel. Cette demande avait plu à Dieu, qui lui assigna la pénitence de tous les péchés dont il le préservait. Le saint, en effet, lui avait demandé d'être préservé de tout péché, mais non d'être exempté de la peine due à ces péchés. Cette religieuse déposa, en outre,

qu'ayant demandé au saint s'il croyait
avoir été exaucé, celui-ci lui répondit
ingénument qu'il le croyait avec la plus
entière certitude.

III

COOPÉRATION DU SAINT A LA RÉFORME DU CARMEL

1. Jean retourna ensuite à l'Université
de Salamanque, où il termina son cours
de théologie. Mais la vie du Carmel ne lui
paraissait pas assez retirée, ni suffisam-
ment contemplative. Il sollicita et obtint
la permission de se retirer dans la solitude
d'une chartreuse. Dieu cependant l'appelait ailleurs. Jean ne devait pas suivre
saint Bruno, mais aider sainte Térèse de
Jésus à rendre à l'Ordre 'du Carmel son
antique ferveur.

Cet Ordre, très ancien, avait compté
dans ses rangs d'illustres personnages et
des saints innombrables. Sa Règle remon-
tait au xiie siècle. Saint Albert des Avocats,
patriarche de Jérusalem, l'avait lui-même

rédigée à la demande de saint Brocard, deuxième Général latin de l'Ordre. Approuvée par Honorius III en 1216, elle avait été plus tard corrigée, puis confirmée de nouveau par Innocent IV, à l'époque où saint Simon Stock dirigeait l'Ordre. Après la mort de ce grand saint, l'institut des Carmes prit une extension extraordinaire et perdit insensiblement sa ferveur première. Bientôt, il fut frappé d'un coup terrible. On était au xive siècle. Une peste universelle ravageait l'Europe, et, d'autre part, un schisme déplorable allait déchirer l'Eglise. Jean Faci, Général de l'Ordre, demanda au souverain Pontife, Eugène IV, un adoucissement à la Règle primitive. Il l'obtint en 1432. Cet adoucissement retranchait des premiers statuts trois points principaux : l'abstinence perpétuelle, le jeûne continu depuis la fête de l'Exaltation de la sainte Croix jusqu'à Pâques et la retraite absolue dans sa propre cellule. De grands personnages, des prélats insignes, d'illustres saints se perfectionnèrent en suivant cette Règle ainsi adoucie. Cependant, des Chapitres généraux, de saints et savants Reli-

gieux s'efforcèrent, dès lors, à faire rendre
au Carmel son ancienne discipline. Parmi
les noms de ces hommes zélés nous devons
rappeler ceux du bienheureux Jean Soreth,
en France ; du bienheureux Angelo Maz-
zinghi, en Toscane ; du P. Ugolin Ugolini,
à Gênes ; du P. Balthasard Limmo, en
Portugal ; du poète et latiniste classique,
le bienheureux Jean-Baptiste de Mantoue,
à plusieurs reprises vicaire général de la
congrégation de Mantoue, puis prieur général de l'Ordre.

2. Leurs essais de réforme n'eurent pas
de résultat durable. Pour ses plus grandes
entreprises, Dieu choisit souvent les ins-
truments en apparence les plus faibles. Il
réservait le difficile accomplissement de la
réforme à une vierge espagnole, la sainte
Mère Térèse de Jésus. Cette vierge, illustre
dans les fastes de l'Eglise, privée de toutes
ressources, objet de contradiction, de dé-
rision, de calomnies, fit tant, qu'elle atteignit son but en 1562. Cette année-là, en
effet, elle obtenait du pape Pie IV un Bref
l'autorisant à ériger un monastère de Religieuses Carmélites réformées. Ce fut à

travers mille difficultés humainement in-
surmontables qu'elle parvint à l'établir à
Avila. Bientôt après, elle en érigea un autre à Medina del Campo et en projeta plusieurs pour diverses villes. Mais, cette noble
héroïne ne se contentait plus d'avoir intro-
duit la réforme parmi les Religieuses ; le
même acte, elle voulait l'accomplir en
faveur des Religieux. Déjà, le Général de
l'Ordre, Jean-Baptiste Rossi, qui à une
science éminente unissait une grande sagesse et une piété remarquable, lui avait
accordé la faculté de satisfaire ses désirs
en Castille, mais pour la réforme de deux
couvents seulement. La difficulté était de
trouver des hommes qui voulussent embrasser l'antique observance. Le V. P. Antoine d'Hérédia, déjà illustre dans le monde
par sa naissance, alors plus vénérable encore par son âge et par les honneurs dont
l'avait comblé son Ordre, s'offrit à aider la
sainte dans son entreprise. Mais Térèse,
pour une si grande œuvre, voulait un
homme robuste, actif, très intelligent et
doué de toute la grandeur d'âme et de
toute la constance nécessaires.

3. Ces divers caractères, Dieu les avait réunis dans la personne de Jean de Saint-Mathias. Le P. maître, Pierre d'Orozco, Carme de Salamanque, le fit savoir à sainte Térèse. Celle-ci, éclairée intérieurement, reconnut que le P. Jean était, en effet, le coadjuteur choisi par la Providence. Elle demanda au P. Pierre de vouloir bien le lui présenter le lendemain. Elle-même passa toute la nuit en prières, et il lui sembla qu'elle était exaucée. Ce ne fut pas chose facile que de décider notre jeune saint à se rendre à un parloir de Religieuses. Son humilité le décida enfin et il s'y rendit. A ses traits amaigris, à son maintien qui trahissait sa modestie et son esprit de pénitence, la Réformatrice, qui l'observait à travers la grille, fut profondément émue. Elle engagea la conversation, et amena Jean à lui raconter comment il se sentait appelé à une plus grande perfection et à embrasser la vie cartusienne. Tout à coup, Térèse, comme inspirée, prit la parole : « *Non, non, vous n'irez pas ! votre chartreuse vous l'aurez dans notre Ordre, grâce à la réforme qu'on y va*

introduire ; vous travaillerez ainsi plus utilement au service de Dieu et de sa très sainte Mère : Chercher à se perfectionner, c'est bien ; mais se perfectionner dans un état religieux une fois embrassé, c'est mieux. » Ces paroles tombèrent sur l'âme de Jean comme des rayons de lumière. Il se ressouvint de la voix céleste qui lui avait dit, une année auparavant : « Vous devez me servir dans un Ordre religieux auquel vous aiderez à rendre sa première ferveur. » Ce qu'il venait d'entendre lui paraissait un écho de cet oracle. Il adora les vues du Très-Haut, et, poussé intérieurement par la grâce divine, il répondit à sainte Térèse, sans arrière-pensée, qu'il était prêt à la seconder dans son entreprise pourvu que celle-ci s'exécutât sans trop de retard.

4. La sainte voyait déjà son couvent ouvert. Par un dessein de la Providence, on vint lui offrir une maisonnette rustique située dans un village voisin d'Avila, appelé Durvelo. Elle voulut l'aller visiter elle-même. C'était le dernier jour de juin 1568. Chemin faisant, comme elle ne connaissait

pas ce village, elle se trompa de route, si bien qu'elle n'y arriva qu'après avoir long-temps erré sous un soleil ardent. Quoi-qu'il se fit tard, on pouvait encore, à la lueur du crépuscule, se faire une idée de cette demeure. Située dans une vaste cam-pagne, elle était exposée à tous les courants d'air et aux ardeurs du soleil. Toute la maison consistait en un portail d'entrée, deux pièces au rez-de-chaussée, mais si basses, qu'on ne pouvait y entrer sans se baisser, et, au premier étage, une cuisine obscure. A cette vue, Térèse fut vivement surprise, et ceux qui l'accompagnaient partagèrent son étonnement : ils ne pou-vaient se persuader qu'en un tel lieu on pût fonder un couvent. Cependant, pleine de confiance en Dieu, la magnanime Té-rèse le remercia avec effusion de ce qu'il voulait bien faire commencer la réforme du Carmel dans un lieu qui rappelait assez exactement, à certain point de vue, la grotte de Bethléem.

Jean et le V. P. Antoine d'Hérédia fu-rent également frappés de l'exiguïté et de la pauvreté d'une telle habitation. Ils ne se décidèrent pas pourtant avec moins de courage à embrasser la primitive observance, fût-ce même dans une étable. Mais le V. P. Antoine était prieur et devait mettre ordre à ses affaires, il ne put se rendre immédiatement à Durvelo. La Providence permit ce retard pour réserver à saint Jean de la Croix seul l'insigne honneur d'être le premier maître et le père de la famille réformée des Carmes-Déchaussés.

5. Cependant, sainte Térèse dut se rendre, avec quelques-unes de ses Filles, à Valladolid pour y fonder son quatrième monastère. Elle se fit accompagner du saint, véritable ange dans une chair mortelle, afin qu'il pût y apprendre en personne l'esprit et les Règles de la réforme. Son rôle de confesseur des Carmélites-Déchaussées fournit un nouvel aliment à sa ferveur en lui faisant connaître leur admirable conduite. La Réformatrice, d'ailleurs, l'initiait à tout sans prétendre, dans son humilité, renseigner un homme si bon, *dont, pour sûr, écrivait-elle, je retirais plus d'avantages que lui n'en pouvait retirer de moi.*

6. Aussitôt que la sainte eut reçu des Supérieurs de l'Ordre la permission de commencer la réforme, remplie d'une sainte joie, elle prépara pour son premier né, Jean, l'habit de Carme-Déchaussé, habit bien pauvre et bien grossier, mais très précieux parce qu'il avait été coupé et cousu de la propre main de sainte Térèse. Jean le reçut avec une grande dévotion, et les premiers jours d'octobre 1568, il partit pour Durvelo, en compagnie d'un ouvrier qui lui avait été adjoint par la sainte mère. Ce fut avec une joie difficile à décrire qu'il arriva à sa chère demeure. Il s'appliqua aussitôt à la réparer et à la disposer en couvent autant que faire se pouvait. Le portail d'entrée devint l'église et renferma le chœur. Il désigna ensuite les pièces qui seraient cellules ou ateliers et en orna les murs de têtes de morts et de grossiers branchages placés en forme de croix. Il s'adonna à ce travail avec une telle ardeur que, à la tombée de la nuit, il n'avait pas encore songé à prendre la moindre nourriture. Il envoya alors l'ouvrier qui l'aidait deman-

der l'aumône au village voisin. Le quêteur en rapporta quelques morceaux de pain qui furent tout leur repas du soir. L'aube du jour suivant trouva le saint en oraison. Après avoir célébré la sainte messe, Jean posa son habit sur l'autel, le bénit et s'en revêtit, puis, s'entoura d'une ceinture en cuir et couvrit le tout d'un scapulaire à étroit capuchon. Un mince manteau en laine blanche, descendant jusqu'aux genoux, acheva son costume qui laissait les pieds entièrement nus. Se voyant ainsi transformé, tout inondé d'une sainte allégresse, il se prosterna à terre et entra avec son Dieu dans d'intimes communications qu'il serait impossible de raconter. Les bons paysans de Durvelo accouraient pour le voir, et ils admiraient avec surprise ce couvent qu'ils n'auraient jamais imaginé, et ce saint comme on n'en avait jamais vu.

7. Jean resta seul dans cet ermitage deux mois environ. Puis, vinrent se joindre à lui le R. P. Antoine d'Hérédia, et deux autres Religieux dont un seul persévéra. Cette recrue arriva le 27 novembre 1568. Plein d'allégresse, le R. P. An-

toine embrassa saint Jean, et d'un commun accord, ils passèrent la nuit en oraison. A l'aube, et après avoir célébré la sainte messe, ils se prosternèrent devant le Saint Sacrement, renouvelèrent en termes émus leur profession solennelle, et renoncèrent désormais en tout et pour toujours aux adoucissements apportés jadis à la Règle. Comme signe de leur nouvelle vie, ils changèrent de nom et s'appelèrent : *Jean de la Croix, Antoine de Jésus, Joseph du Christ.* On dit que le Provincial Gonzalès était présent en personne à l'inauguration de ce couvent, qu'il salua avec bonheur et bénit cette belle et généreuse entreprise. D'autres racontent qu'il y alla plus tard. Quoi qu'il en soit, sa dignité l'obligeait à élire le prieur. Il choisit le Religieux le plus âgé, le P. d'Hérédia, et lui donna pour vicaire Jean de la Croix. Ainsi, l'Ordre illustre du Carmel recouvrait sa première splendeur, le 28 novembre 1568.

8. Le genre de vie auquel, après leur nouvelle profession, se vouèrent ces trois hommes de Dieu, fut entièrement con-

forme à celui des premiers Carmes. Leur existence était toute consacrée à la méditation des choses célestes, aux austérités de la pénitence et à la retraite. Nous en avons pour preuve le témoignage même de sainte Térèse. Elle fit, le carême suivant, une visite à sa vigne chérie. Elle entra dans la petite chapelle, et y trouva le R. P. Antoine, prieur, qui la balayait, le visage rayonnant de joie. *Eh ! quoi donc, mon Père*, lui dit-elle, *qu'avez-vous fait de l'honneur du monde ?* Antoine répondit : *Je maudis le temps où j'en faisais cas !* Cette réponse ravit la sainte, et les deux personnes qui l'accompagnaient dans son voyage en versèrent d'abondantes et pieuses larmes. Térèse racontait plus tard qu'elle avait été édifiée au delà de tout ce qu'on peut dire, en voyant régner dans cette humble demeure un esprit de détachement du monde et de la nature tel, que l'homme y paraissait à peine et que tout y respirait l'odeur de Jésus-Christ. Seulement, elle avait cru bon d'inviter ces solitaires à modérer les rigueurs de leurs pénitences, de peur que, la première ferveur passée, le démon n'en prit occasion de les décourager. Peu de temps après, en effet, ces rigueurs devinrent intolérables et eux-mêmes furent contraints à les adoucir. Ils durent surtout adopter l'usage des sandales, car ils ne pouvaient, au risque de causer un grave dommage à leur santé, demeurer sans aucune chaussure dans un lieu si inclément.

9. Notre saint, tout en accomplissant avec exactitude les devoirs d'un institut voué principalement à la contemplation, ne négligeait en rien ceux de la vie active. Bien que d'un ordre secondaire, en effet, ces derniers n'en sont pas moins inséparables de la vie du Carmel. Aussi, enflammé d'un zèle apostolique, Jean se rendait-il dans les environs pour y prêcher, confesser et instruire les habitants, pauvres paysans qui ne savaient rien ou presque rien de la doctrine chrétienne. Le saint marchait pieds nus sur les neiges et les glaces; ni les vents, ni les pluies ne l'arrêtaient : il ne reculait devant aucun obstacle. Muni d'un morceau de pain, il s'arrêtait au bord de quelque ruisseau et se trouvait ainsi à

même d'apaiser sa faim et d'étancher sa
soif. Il est inutile de raconter les merveil-
les que sa parole, autorisée par de tels
exemples, produisit en peu de temps chez
les habitants de Durvelo : ils furent trans-
formés.

Mais comme de très hauts personnages
voyaient avec regret que la nouvelle réforme demeurât ensevelie en un lieu si
obscur, les premiers Carmes-Déchaussés
se virent obligés, bien qu'à contre-cœur,
d'abandonner Durvelo. Ils allèrent s'établir
à Manzera, le 13 juin 1570.

IV

SAGESSE DE SA DIRECTION

1. Les Supérieurs avaient remarqué la
charité exquise, la grande prudence et
l'habileté rare de Jean dans la direction
toujours si difficile des âmes. Ils lui con-
fièrent la tâche de diriger et de former des
novices à Durvelo et à Manzera, puis à
Pastrana et à Ségovie.

Non seulement il remplit, mais il surpassa l'attente générale. Il sut s'insinuer
doucement mais pleinement dans l'esprit
des novices, et s'acquit bientôt leur res-
pectueuse affection et leur entière confiance. Il leur inspira surtout la sainte
crainte de Dieu, ainsi qu'une très haute
estime et un vif attachement pour leur
glorieux institut. Il les pénétra du véritable esprit de la réforme, et les exerça
fortement à pratiquer la méditation, à
mépriser le monde, à se détacher de
leur propre volonté, à réprimer leurs
passions et à se sacrifier à Dieu sans compter.

Il savait diriger ses novices vers la perfection graduellement et chacun d'après
son caractère, si bien qu'il sortit de
ce noviciat des hommes d'oraison et de
très grande vertu, parmi lesquels nous
citerons le V. P. Ferdinand de Sainte-
Marie, premier Général de la congrégation d'Italie.

2. En 1571, il fut envoyé à la communauté d'Alcala. Il en fit bientôt un agréable parterre de toutes les vertus. Selon lui,

les exercices du Religieux devaient toujours être unis à ceux de l'étudiant, mais de telle sorte que ces derniers suivissent les autres, et son proverbe accoutumé était : *Religieux et étudiant, mais toujours et avant tout, Religieux.*

Il avait à peine passé une année à Alcala que déjà ses Supérieurs le rappelaient et l'envoyaient à Pastrana, pour y corriger certaines pratiques, que le nouveau Maître, P. Ange de Saint-Gabriel, avait, un peu inconsidérément, introduites dans ce noviciat. Ces pratiques n'étant pas en harmonie avec l'esprit du Carmel constituaient de véritables abus. Dès son arrivée, Jean se mit à les réformer, et se fit un devoir, pour extirper le mal par la racine, d'enlever sa charge au P. Maître qui avait failli. Sainte Térèse l'approuva et le félicita de cette mesure.

3. La séraphique Vierge, vers cette époque, fut élue prieure des Carmélites-Chaussées de l'Incarnation d'Avila. Elle était chargée de rétablir dans ce monastère l'ordre et la discipline primitive. Elle demanda et obtint pour confesseur de ses

Filles « *son petit sage* (1) », le P. Jean
de la Croix. Celui-ci, abandonnant le **pai-**
sible noviciat de Pastrana, se rendit au
monastère de l'Incarnation avec le P. Ger-
main de Saint-Mathias (2). Il fixa sa demeure dans une chambre pauvre et iso-
lée, contiguë à ce couvent. Il vécut cinq
ans dans cette retraite solitaire, sans changer en rien ses habitudes du cloître.

Jeune encore, mais déjà d'une expérience consommée, notre saint montra
pour la difficile et délicate fonction de
confesseur de Religieuses une vocation
spéciale et une rare aptitude. Il discernait
les âmes avec une grande sûreté de
jugement, redressait leurs travers, devinait leurs besoins, distinguait leurs inclinations, savait pourvoir à toutes les nécessités, et traitait les habitudes avec

(1) C'était le nom que la sainte, toujours
gracieuse et gaie, avait coutume de donner à
Jean, qui était de petite taille, d'aspect grêle,
mais d'une sagesse éminente. (Note de l'auteur.)

(2) Mort avec la réputation d'un saint en
1579. (Note de l'auteur.)

tant de ménagements qu'il corrigeait les mauvaises et fortifiait les saintes. Sa parole était si onctueuse qu'elle portait infailliblement les âmes soit à fuir le vice ou à se défaire d'habitudes dangereuses, soit à pratiquer les plus difficiles vertus. Ajoutons à toutes ces qualités une prudence singulière, une grande circonspection pour ne fournir aucun prétexte à la jalousie, une charité qui se portait également au secours de toutes, sans témoigner à aucune de bienveillance particulière, l'exactitude unie à la bonté et, pardessustout, le prestige de ses exemples.

Dans de telles conditions, la tranformation étonnante du monastère de l'Incarnation s'explique facilement. Nous savons par les témoignages autorisés de plusieurs Religieuses, grandes servantes de Dieu (entre autres de la V. M. Anne de Saint Barthélemi, secrétaire et compagne inséparable de sainte Térèse), que dans cette enceinte bénie la dissipation fit place au recueillement, l'insubordination à l'obéissance, le mépris des Règles à leur exacte observation, le relâchement aux rigueurs de la pénitence. Surtout, notre saint extirpa ces deux abus qui sont le principe ordinaire de tous les autres : d'abord, la fréquence abusive des visites séculières ; puis, la multiplicité des directeurs spirituels qui, trop souvent, dépourvus de prudence et peu expérimentés, semaient la discorde parmi les Religieuses. Nombreuses et graves furent les difficultés qui se présentèrent à lui ; son tact éclairé, sa patience et sa fermeté triomphèrent de toutes et atteignirent enfin le but désiré. Sainte Térèse écrivait au roi d'Espagne, Philippe II, que le P. Jean de la Croix avait été pour les Sœurs de l'Incarnation *un véritable ange du paradis.*

4. L'éclatant succès qu'avait remporté le saint dans son rôle de confesseur, engagea d'illustres personnages à lui confier la direction d'autres monastères de Religieuses. Quel fut le nombre, quel était le genre de vie de ces monastères, nous l'ignorons ; mais nous savons qu'il exerça l'office de directeur spirituel dans plusieurs couvents et toujours avec le même succès. Il dirigea en 1578, comme vicaire, les

monastères de Carmélites-Déchaussées de
Véas et du Calvaire. Il travailla, en 1582,
à la fondation de celui de Granata où lui-
même conduisit quelques Religieuses de
Véas. Il devint leur directeur spirituel et
subvint même souvent à leurs besoins
matériels par les aumônes qu'il leur obtenait. Trois ans après, il conduisit un essaim
de ces Religieuses au nouveau monastère
de Malaga. C'est pendant ce voyage qu'il
opéra un de ses plus grands miracles.
Mère Marie du Christ en tombant de che-
val s'était brisé le crâne contre un rocher :
il la guérit subitement. En 1586, Jean
visita les Religieuses de Caravaca, et, la
même année, accompagna deux Religieuses de Granata au monastère de Madrid
qu'on venait de fonder. La V. M. Anne
de Jésus, cette illustre émule de sainte
Térèse, dont on poursuit actuellement le
procès de canonisation, faisait partie de la
caravane. Les Religieuses Déchaussées
qui, les dernières, eurent l'heureux privilège de recevoir sa direction furent celles
de Ségovie, en 1589.

V

SA DURE CAPTIVITÉ

1. Dieu dans ses impénétrables desseins et afin de donner à la sainteté de Jean son dernier lustre, permit qu'une lutte s'engageât contre la réforme, qui faillit l'anéantir. Nous résumerons rapidement les causes de cette funeste scission entre les Carmes-Chaussés et les Déchaussés, et les troubles qui suivirent et affligèrent la famille réformée. Celle-ci, à l'insigne honneur de l'ordre et pour le plus grand bien des âmes, s'était, en moins de huit ans, étendue à neuf couvents de Religieux. Cependant, les pères Mitigés la considéraient de mauvais œil : n'était-elle pas un reproche à leur observance, une révolte contre l'autorité? On ne devait plus la tolérer. Leur colère fut surtout excitée par les décisions trop hardies des commissaires apostoliques. Ces derniers, en effet, plaçaient des Déchaussés à la tête des couvents mitigés, et, pour activer la réforme, enlevaient à ceux-ci

des maisons qu'ils confiaient aux réformés. En 1575, le Chapitre Général des Carmes-Déchaussés se réunit à Plaisance. On y arrêta et approuva diverses mesures sévères contre la réforme suspecte. Ces déterminations toutefois ne sortirent point leur effet à cause de la protection publique et constante qu'accordaient aux réformés le nonce apostolique d'Espagne, Mgr Ormaneto, et le grand monarque de ce royaume, Philippe II. Malgré ces obstacles, le provincial des mitigés, le P. M. Ange Salazar, réunit l'année suivante, 1576, son Chapitre à Moralegia, pour y presser l'exécution des décrets de Plaisance. Ses efforts furent inutiles. Des Carmes-Déchaussés intervinrent dans la discussion et s'opposèrent aux décrets de toute leur énergie, se couvrant, au demeurant, de la protection du roi et du nonce apostolique.

Quelque temps après, le même nonce nomma le V. P. Jérôme Graziano, visiteur de l'obédience d'Andalousie et provincial général des Pères Déchaussés. La même année, Jérôme convoqua ces der-

niers en Chapitre à Almodovar. Les Supérieurs des neuf couvents s'y rendirent
ainsi que notre saint, qui y fut proclamé
Père de la Famille Réformée. On décida,
dans ce Chapitre, d'envoyer à Rome le P.
Jean Rocca de Jésus, religieux plein de
piété, d'une trempe de fer et né pour les
affaires, et le P. Pierre des Anges. Ils
devaient y soutenir les intérêts communs
et y défendre la réforme contre ses ad-
versaires. La cause jusque-là était pen-
dante ; mais voici que le désordre s'aggrava soudain par un coup terrible. Le
nonce apostolique que sainte Térèse appelait le saint nonce, Mgr Ormaneto,
cet invincible défenseur de la réforme,
mourut en 1577 et fut remplacé par Mgr
Séga, ennemi juré des Déchaussés. Le
nouveau nonce s'unit au vicaire général
du Chapitre de Plaisance, le P. M. Jérôme Tostato, portugais, et tous deux de
concert résolurent de détruire cette réforme déjà si combattue. A cette fin, ils
prirent, sans délai, les mesures nécessaires. Le P. Tostato, qui ne pouvait travailler ouvertement contre les protégés re-

connus du roi Philippe II , agit dans l'ombre et porta ses coups sur le premier Père des Carmes-Déchaussés, Jean de la Croix. Après le Chapitre d'Almodovar, Jean s'était rendu à son couvent d'Avila, où il remplissait l'office de confesseur. Le P! Tostato communiqua ses ordres au prieur de Tolède, Ferdinand Maldonato. Il fallait arrêter secrètement le pacifique directeur et le jeter dans une prison claustrale.

2. Une occasion favorable se présente le soir du 4 décembre 1577. Maldonato, bien escorté, se rend à la demeure de Jean. La porte est enfoncée. Jean et son compagnon, au milieu d'une troupe de scélérats qui les insultent et les frappent, sont conduits au couvent des Carmes-Chaussés, et renfermés chacun dans une cellule.

Peu de temps après, on assigna à Jean le couvent de Tolède comme lieu de détention. Quand il y fut arrivé, on le somma d'abandonner la Réforme. — « Je souffrirais mille morts plutôt que d'abandonner un genre de vie où je suis sûr d'accomplir la volonté de Dieu, » — répondit le saint avec autant de douceur que de fermeté. Pour le punir de sa courageuse résistance, prise pour de l'entêtement, on le vêtit d'un vieil habit de Carme-Chaussé, on l'emprisonna dans une cellule très étroite, humide et complètement obscure ; deux tables sur lesquelles on jeta deux couvertures, lui servirent de lit ; on le nourrit au pain et à l'eau, et à certains jours, on le frappa sans merci à coups de discipline.

Le courage nous manque pour décrire toutes les peines qu'il eut à endurer pendant les neuf mois de sa captivité. Nous dirons seulement qu'elles furent sans nombre et excessivement douloureuses pour le corps et pour l'âme (1).

(1) Voici la lettre que sainte Térèse écrivait d'Avila, vers la mi-septembre 1578, au V. P. Jérôme Graziano de la Mère de Dieu, un des astres les plus brillants de la réforme :

Jésus.

L'Esprit-Saint soit toujours avec votre Paternité. Amen.

Je ne puis m'enlever de la tête la pensée de la cruauté dont on a usé envers le pauvre

En effet, à la persécution de ses geôliers, s'ajoutait la privation de toute joie et de toute lumière célestes. Il était comme enveloppé par les ténèbres d'une nuit obscure, et dans un abandon de Dieu si désolant que son âme énergique eût cédé, si son bien-aimé Seigneur ne l'eût, à son insu, ranimée et réconfortée. Cependant, notre héros, dans une si rude épreuve, se résignait au bon plaisir de Dieu avec une

---

Jean de la Croix, et je ne sais vraiment pas comment Dieu a permis de telles iniquités. Vous ne savez pas tout. Le pauvre et cher Père est resté neuf mois entiers enfermé dans une prison si étroite que, tout petit qu'il est, il ne pouvait respirer sans se recoquiller de la manière la plus affreuse du monde. Durant tout ce temps, il ne changea point de tunique, bien que la sienne fût, pour ainsi dire, réduite à rien. Trois jours avant sa sortie, le sous-prieur lui donna une chemise et en même temps des coups qui font frémir. Pas une personne, d'ailleurs, ne pouvait le visiter. Je lui porte une immense envie, car on voit bien que le Seigneur l'a trouvé digne d'un tel martyre...

L'indigne servante et sujette de votre Paternité,

TÉRÈSE DE JÉSUS.

(Note de l'auteur.)

admirable intrépidité, et une sérénité de
visage et d'âme inaltérable. Que dis-je ? il
composa alors cet admirable cantique :

Où vous cachez-vous, ô mon bien-aimé ? etc...

cantique dont le commentaire forme un
de ses meilleurs traités de théologie mystique.

Nous prions ici le pieux lecteur de ne
pas trop se hâter de condamner les Carmes-
Chaussés qui, dans l'ardeur de leur oppo-
sition à la réforme, dépassèrent des mesures qu'ils auraient pu, du reste, réserver
à une cause meilleure. Si nous remarquons
en effet, qu'ils étaient mus par des motifs
en apparence justes et sérieux, qu'ils
croyaient travailler à l'honneur de leur
Ordre, qu'ils regardaient les Déchaussés
comme des novateurs, des fanatiques et de
véritables révoltés contre leurs Supérieurs
légitimes, qu'ils étaient, dans leur conduite, appuyés par le nonce apostolique,
Mgr Séga ; si nous remarquons en outre
qu'il n'est pas rare de trouver dans la vie
des saints de pareils exemples, car les
vertus de quelques-uns d'entre eux furent

souvent attaquées par d'autres saints, après
un tel examen, nous nous contenterons de
plaindre nos Carmes-Chaussés pour leur
zèle assurément excessif, mais non dé-
pourvu de toute raison.

VI

SA DÉLIVRANCE

1. Le Seigneur, dans sa bonté, voulut
consoler et fortifier Jean au milieu de ses
douloureuses épreuves. De temps à autre,
subitement, une lumière miraculeuse, dont
le frère gardien put admirer la splendeur,
irradiait sa prison. Le saint fut en outre
favorisé d'apparitions célestes qu'il raconta lui-même à un intime ami et confrère
pour l'enflammer de dévotion envers Marie.
Le matin de l'Assomption, comme il avait
en vain demandé la faveur de célébrer la
sainte Messe, la B. Vierge lui apparut
tout éclatante de gloire et lui ordonna
de prendre la fuite. Elle lui indiqua une
fenêtre élevée qui, par-dessus un balcon,
donnait sur le Tage. Il devait se laisser

choir de cette fenêtre, sans crainte : **elle**
viendrait à son secours. Evidemment, **la**
divine Providence s'était réservé à **Elle-**
même la délivrance de Jean. Toutes les
démarches, en effet, avaient été inutile-
ment tentées. Sainte Térèse s'était occu-
pée sans relâche de cette cause; elle en
avait écrit au roi Philippe II, et à plusieurs
illustres personnages. Un grand nombre
de Religieuses, à leur tour, y avaient inté-
ressé de nobles et puissantes familles, avec
lesquelles elles étaient en relations. Personne n'avait pu procurer au captif la
liberté tant désirée. Elle devait s'obtenir
par un prodige de la Droite du Très-
Haut.

2. Avant de mettre à exécution l'entreprise inspirée, Jean témoigna à son geôlier
la plus affectueuse reconnaissance pour ses
bons offices, car celui-ci, par pitié pour le
prisonnier, lui avait permis de sortir une
fois par jour de son horrible retraite, afin
de prendre un peu d'air. Quand la nuit
fut venue, il fit un certain nombre de
bandes avec ses deux couvertures et en
forma une corde; il décloua ensuite une

porte et arriva à la fenêtre indiquée qui
donnait sur le Tage. Après avoir lié sa
lampe à la balustrade du balcon, il fixa la
corde, et, invoquant les noms de Jésus et
de Marie, se laissa glisser peu à peu le
long de cette corde, pendant qu'au-dessous
de lui mugissaient les flots impétueux du
fleuve. Quand il fut arrivé à l'extrémité,
il constata qu'il était encore à une grande
hauteur au-dessus du sol ; il réfléchit un
instant, et, résolu, se lança dans le vide.
Il tomba sur un mur très élevé ; la nuit
était sombre ; il ne savait comment sortir
de ce pas. Tout à coup, un chien qui, tout
près de là, rongeait des os prit la fuite et
lui montra ainsi un passage par où il pourrait franchir la clôture. Bientôt, grâce à
un léger nuage qui éclairait sa marche, il
se trouva, sans savoir comment, sur une
place de Tolède. Il se retira sous un porti-
que et, à l'aube, on le conduisit au monastère des Carmélites-Déchaussées. Que de
prodiges dans cette seule fuite !

3. Qui pourrait exprimer la surprise et
l'émotion de ces bonnes Religieuses lorsqu'elles virent soudainement apparaître le

saint père de la réforme, décharné, exténué, couvert d'un vieil habit en haillons?
Elles se précipitèrent au parloir, lui posè-
rent à l'envi d'innombrables questions,
compatirent aux souffrances qu'il avait
endurées, et remercièrent avec lui la Divine Majesté qui l'avait enfin délivré. Jean
cependant n'était pas en sûreté dans ce
lieu où il pouvait facilement être décou-
vert. Le Seigneur vint encore à son aide.
Ce matin même, la V. Mère Anne de la
Mère de Dieu fut frappée d'une attaque
mortelle et demanda en toute hàte les
derniers Sacrements. Les Religieuses in-
troduisirent alors le Père dans leur cloître,
afin qu'il administrât ces sacrements à
l'infirme. Ainsi, le Saint demeura caché
dans cette retraite jusqu'à ce que les per-
quisitions, opérées ce jour-là par des exprès
qui fouillèrent en tout sens l'église, le
parloir et les lieux adjacents, eussent été
achevées sans résultat.

Pendant que Jean assistait la malade,
les Religieuses lui préparèrent un habit de
Déchaussé qui fût plus convenable. La
mère Prieure le confia ensuite à D. Pierre

Conzalès, chanoine trésorier de l'église de Tolède, personnage considéré et tout acquis à la réforme. Celui-ci vint le prendre en carrosse, le conduisit à son palais, lui prodigua ses soins pendant plusieurs jours et, lorsqu'il eut recouvré assez de force pour voyager, le fit accompagner par deux de ses familiers à Almodovar del Campo.

VII

CHARGES QU'IL REMPLIT DANS LA RÉFORME

1. Les Carmes-Déchaussés se trouvaient réunis en Chapitre à Almodovar del Campo. Jean se présenta sans retard à leur assemblée. Ils éprouvèrent une joie profonde lorsqu'ils revirent leur saint fondateur, car sa présence était pour tous une heureuse surprise. Ils attendirent ensemble l'arrivée des chefs de l'Ordre, et, pendant ce temps, Jean se réconforta et se rassura en apprenant les nouvelles de cette chère réforme pour laquelle il avait eu tant à craindre durant sa captivité. Enfin, le nombre des Pères capitulaires fut au com-

plet et on commença à traiter des affaires
de l'Ordre.

On agita d'abord la question de savoir
si on élirait un provincial. Le P. Jérôme
Graziano était pour l'affirmative ; un grand
nombre partageaient son opinion. Mais
notre Saint, toujours indépendant, toujours courageux, opposa les plus fortes ob-
jections à ce prétendu droit. Malgré l'autorité de sa parole, on élut un provincial
dans la personne du V. P. Antoine de
Jésus.

2. Il manquait aussi un prieur au monastère du mont Calvaire. Le Chapitre ne
trouva pas d'homme plus apte à prendre
en main cette charge que notre héros.
Celui-ci se soumit par obéissance et accepta le titre de vicaire de ce couvent.
Lorsqu'il y arriva, il s'aperçut aussitôt
que l'austérité pratiquée dans ce cloître
était excessive, et, partant, serait intolé-
rable et de peu de durée. Aussi jugea-t-il
opportun de la modérer avec une sage discrétion. Sans admettre les observations des
Religieux inexpérimentés qui la voulaient
maintenir, il poursuivit son but en vrai

Supérieur. Il avait pour maxime que les
grandes œuvres de surérogation peuvent
bien être permises, dans des cas particu-
liers, à certaines âmes plus généreuses,
mais qu'elles ne sauraient être imposées
à toute une communauté. D'après ce principe, il adoucit la sévérité des pénitences
communes non prescrites par les Règles,
abolit certaines mortifications contraires à
l'esprit du Carmel, et augmenta la nourriture. Quelques travaux s'opposaient à
la vie en cellule et à la continuité de
l'oraison, il les interdit à ses Religieux. Il
prit, en un mot, ce juste milieu qui évite
également les extrêmes du relâchement ou
d'une ferveur exagérée. Quant aux parti-
culiers, surtout s'ils étaient avancés en
dévotion, il leur accordait volontiers la
permission de se mortifier davantage ou
de prolonger leur méditation. Toutefois,
par ses paroles et plus encore par son
exemple, il les exhortait tous à se rendre
capables de ces œuvres surérogatoires.
Doux, en effet, et discret pour les autres,
on le voyait devenir de jour en jour plus
cruel à son égard.

3. Sa haute sagesse dans le gouvernement et son profond attachement à l'Ordre
le firent nommer à plusieurs reprises Supérieur tantôt d'une maison, tantôt d'une
autre. On voulait que, comme un flambeau
placé sur le chandelier, il projetàt plus
loin la vive lumière de ses exemples et de
ses saints conseils. En 1571, on l'élisait
recteur du collège d'Alcala. En 1579, il
fondait à Baëza un nouveau collège dé
Déchaussés dont il prenait également le
titre de recteur. Il était nommé en 1581
prieur de Granata et, en 1583, confirmé
dans cette charge pour deux ans encore.
En 1584, le Provincial partit pour Lisbonne. Jean fut institué son vicaire pour
l'Andalousie et chargé de fonder le monastère de Malaga. Au troisième Chapitre
de la réforme, tenu à Lisbonne en 1585,
il fut élu second définiteur, puis vicaire
provincial de l'Andalousie. Dans l'exercice de ces nombreux et divers emplois, il se montra toujours constant avec
lui-même. Le quatrième Chapitre se tint
à Valladolid en 1587 ; Jean, pour la troisième fois, y fut nommé prieur de Gra-

nata. L'humble Saint se montra très affligé de cette nouvelle élection. Il se jeta à genoux au milieu de l'assemblée et, par d'instantes supplications et d'abondantes larmes, il conjura les Pères de le relever de cette charge dont il se déclarait incapable et indigne. Dieu ne permit pas qu'on acceptât sa démission, et par esprit d'obéissance Jean se soumit humblement.

4. Notre Saint fut élevé à d'autres importantes fonctions que nous allons rapidement indiquer. Disons d'abord qu'après bien des tentatives infructueuses, les Carmes-Déchaussés avaient enfin obtenu du pape Sixte-Quint, un bref érigeant la réforme en congrégation. On élirait un vicaire général que six Pères consulteurs, choisis dans chacune des six provinces alors établies, assisteraient dans son gouvernement. Afin d'exécuter les ordonnances de ce mémorable bref, le P. Nicolas Doria, qui avait entrepris et mené à bonne fin les démarches auprès du Saint-Siège, convoqua en Chapitre Général tous les Carmes-Déchaussés. Cette première assem-

blée, tenue à Madrid le 19 juin 1588, élut d'abord premier définiteur général notre Saint qui, à ce titre, présida le Chapitre. Jean fut ensuite nommé prieur de Ségovie, où on fixa la résidence du vicaire général et de son conseil. L'élu s'y rendit donc pour y exercer le double office de prieur et de premier consulteur général. Ces honneurs, disons-le, avaient vivement contristé son humilité ; ils étaient d'ailleurs difficiles à porter à une époque si troublée. Jusqu'à la fin, Jean sut en remplir les devoirs pour le plus grand progrès de la discipline régulière. Il se montrait envers ses subordonnés à la fois ferme et condescendant, aimable et grave, doux et austère, quoique, à vrai dire, il fût plutôt austère et sévère pour lui seul. Tous, en retour, l'aimaient tendrement et le regardaient comme un père. Etaient-ils repris ? La correction était acceptée avec reconnaissance, car le Prieur savait mesurer les remontrances au caractère de chacun, et choisir le temps et le lieu qui leur convenaient.

5. Ces deux emplois furent les derniers

qu'occupa Jean de la Croix. Comme il prenait congé des Carmélites-Déchaussées de Ségovie, afin de se rendre au troisième Chapitre Général, convoqué pour le 1er juin 1691, une Sœur lui annonça que ce Chapitre le nommerait Provincial. Elle se trompait. Le Saint, éclairé d'une lumière prophétique, lui répondit immédiatement : « Dieu n'infligera pas un pareil châtiment à la province. Soyez sûre, ma fille, qu'il arrivera bien différemment de ce que vous pensez. Le Chapitre fera très peu de cas de moi ; car, il faut que vous le sachiez, comme je recommandais au Seigneur le succès de ce Chapitre, il m'a semblé qu'on m'y reléguait dans un coin. »

En effet, le Chapitre se réunit. On nomma les définiteurs et les consulteurs généraux, et, chose incroyable, on ne pensa même pas à Jean. Il avait pourtant jusqu'alors exercé cette charge et d'autres aussi difficiles avec une sagesse et une activité supérieures, travaillant sans relâche à préciser les points encore obscurs, à consolider la réforme, à l'étendre, à en maintenir intacts l'esprit et la nature. Ce-

pendant, les membres du Chapitre n'ignoraient pas de quel zèle il brûlait pour le
salut des âmes et combien il enviait la
palme du martyre. Ils se prévalurent de
ces dispositions pour le nommer Provincial d'une nouvelle province de Déchaussés érigée au Mexique. Mais le P. Nicolas
Doria, vicaire général, regretta bientôt
cette élection. Ce titre pourrait achemi-
ner Jean à la redoutable charge de commissaire général des Religieuses. Or, ce
commissaire, d'après la teneur du bref de
Sixte-Quint, avait le droit de gouverner
les Religieuses avec une autorité absolue.
Le zèle et l'intrépidité de notre héros firent craindre au P. Doria et aux autres
consulteurs qu'une fois pourvu de ce com-
missariat, Jean ne contrariât leurs injustes
prétentions. Le bref exigeait que le commissaire fût élu parmi les dignitaires de
l'Ordre. On décida de rendre Jean incapable de cette charge en le privant de toute
dignité, et en conséquence, on lui proposa
de renoncer au provincialat du Mexique.
Pas n'était besoin de nombreuses sollici-
tations : Jean né désirait rien tant que la

.condition d'inférieur. Il saisit avec em-
,pressement l'occasion de déposer cette
charge onéreuse et donna sa démission,
,en témoignant une profonde reconnais-
.sance à ceux qui lui accordaient cette fa-
-veur tant désirée.

· · 6. Peu de temps après, Grégoire XIV,
,cédant à plusieurs demandes, révoqua le
.funeste bref. Le P. Doria et les consul-
.teurs comprirent alors la grande injustice
.qu'ils avaient commise envers le premier
,auteur de la réforme et l'incomparable
·modèle de tout Supérieur, en ne lui con-
fiant aucun emploi et en le laissant à
.l'écart. Certaines preuves assez claires, du
.reste, leur faisaient entrevoir le mécontentement général des Religieux Déchaus-
,sés, des Religieuses et de toutes les per-
.sonnes qui connaissaient l'insigne mérite
,de Jean. Quelques-uns même, des plus
.hardis, se plaignaient ouvertement et donnaient sérieusement à penser au nouveau
conseil. Le priorat de Ségovie était alors
vacant. Pour réparer la faute commise et
donner satisfaction aux mécontents, le vicaire général pria le Saint de vouloir bien

accepter l'office de Supérieur de ce couvent. Jean était trop heureux de la liberté qu'on venait de lui accorder ; il ne voulut pas la perdre en acceptant ce priorat. Ferme et toujours respectueux, il le refusa et, à son tour, demanda instamment au P. Doria la permission de se retirer dans la solitude de la Pegnuela. Comme le vicaire général tardait à donner son consentement, Jean fit tant d'instances et présenta de si fortes raisons, que sa demande fut enfin acceptée.

VIII

SA RETRAITE AU DÉSERT DE LA PEGNUELA

1. Jean se présenta à son cher refuge de la Pegnuela vers la fin de juillet 1591. Il y fut accueilli avec la plus grande joie et les plus touchants témoignages d'affection et de respect, par les fervents Religieux de ce couvent, et surtout par leur Prieur, le P. Diego de l'Incarnation. Celui-ci avait été plusieurs fois, comme fils spirituel, sous la direction de Jean. Il connaissait

ses héroïques vertus ; aussi lui conservait-
il une vénération profonde, une grande
estime et une affection toute spéciale. A
peine Jean fut-il arrivé, que le P. Diego
s'offrit de lui obéir comme à son Père, et
le pria de vouloir bien diriger dans les
voies de la spiritualité, comme s'ils étaient
tous de simples novices, la communauté
et son Prieur. Jean, toujours humble,
loin de se poser en maître auprès de ces
fervents Religieux, se comporta, au contraire, lui-même comme un novice à leur
égard, et on l'eût pris pour tel en voyant
sa ponctualité à tous les exercices communs, sa tenue, sa modestie, son humilité, sa prompte et exacte obéissance.

2. Il montra surtout combien il avait
d'attrait pour les humiliations, de mépris
pour lui-même et de respect jaloux pour
la réputation d'autrui, alors que les moines de la Pegnuela, inconsolables d'avoir
vu leur saint Père ainsi humilié au Chapitre précédent, venaient lui témoigner
leurs sentiments de condoléance et blàmer
l'œuvre de cette assemblée. Dans ces circonstances, Jean s'affligeait de l'aveugle-

ment des hommes. « Toutes les dispositions prises, disait-il, l'avaient été par
une permission de la divine Providence ;
pourquoi, dès lors, en rejeter les torts sur
tel ou tel Supérieur, et particulièrement
sur le P. Nicolas, de la famille princière
Doria de Gênes, homme d'une conduite si
austère ? » En effet, bien que diversement
apprécié dans son gouvernement de vicaire général, le P. Doria était le plus
intègre des hommes et d'un rare mérite.
Saint Alphonse de Liguori, docteur de
l'Eglise, l'appelle l' « illustre Père » (1).
Ainsi, inspiré par le désir de sauver la
réputation du prochain, notre Saint qui,
pour éviter toute consolation humaine, ne
révéla jamais ses peines intérieures, savait au besoin exprimer en public son mécontentement de voir les Supérieurs criti-
qués à son sujet. Jean protestait qu'ils
avaient agi avec droiture, et justifiait leur
conduite en l'attribuant à la très sage et
très sainte volonté de Dieu.

C'est à la Pegnuela surtout, que l'âme de

(1) Monaca Santa, p. II, c. XXIII.

Jean, purifiée par tant de souffrances, se dépouilla de toute affection terrestre et s'éleva à la plus grande sainteté, au plus haut degré de l'Union Divine. On y vit briller avec éclat les vertus dont son âme était ornée. Nous parlerons séparément de quelques-unes d'entre elles.

IX

SES VERTUS HÉROIQUES

1. La *Foi* de Jean était si vive, qu'il semblait voir la vérité par intuition. Il parlait avec un saint transport des vérités éternelles et des récompenses de la vie future. Il pleurait à chaudes larmes l'aveuglement des hérétiques, des infidèles et des Juifs, qui niaient ou ignoraient encore ces vérités divines. Un saint zèle l'enflammait pour la conversion de tous ces malheureux. Il aurait voulu, au prix même de sa vie, les éclairer et les convertir. Il soupirait après le martyre, et se réjouissait à la pensée d'être traduit devant les tyrans, livré aux bourreaux, déchiré, battu, im-

molé. C'est à la sûre et consolante lumière
de la Foi qu'il dirigeait toute sa vie. Bien
qu'il aimàt beaucoup les sciences sacrées,
qu'il possédait d'ailleurs supérieurement,
il ne voulait cependant pas que l'esprit
humain s'évertuàt à pénétrer les mystères
de la Foi. Il faisait grand cas des révélations surnaturelles, lui-même en avait
souvent reçu ; mais il préférait marcher
dans la bonne simplicité d'une foi humble, et il y exhortait les âmes qu'il dirigeait. Cette vertu l'empêcha de se décourager jamais dans l'adversité et dans les
plus affreuses désolations, qui souvent le
privaient de toute communication sensible
avec Dieu.

2. Son *Espérance* fut égale à sa Foi ; ou
plutôt, mise à de plus rudes épreuves,
comme nous l'avons vu, elle fut aussi plus
admirable. La confiance en Dieu, qui n'est
qu'une extension de l'Espérance, se manifestait en lui avec tant de force et de fermeté, que, au milieu de ses fréquentes et
si douloureuses tribulations, son courage
et son intrépidité ne faiblirent jamais,
et qu'il se remit toujours aveuglément

entre les mains paternelles de Dieu. Il
avait en la puissance et en la bonté infinie
de Dieu, à ses infaillibles promesses, une
confiance absolue. Il répétait souvent, avec
un doux transport : *O Espérance du ciel,
faites que j'obtienne tout ce que j'espère !*
— *L'Espérance en Dieu est le patrimoine
des pauvres et surtout des Religieux, qui
dans leurs nécessités, doivent d'autant
plus s'en prévaloir qu'ils ont plus besoin
de secours humains. — Depuis que j'ai
tout abandonné, rien ne me manque...*
c'est-à-dire, depuis que j'ai renoncé à tous
les soucis de la terre, je n'ai jamais souffert de la pauvreté, parce que ce Dieu en
qui repose toute mon espérance, m'a toujours secouru avec la plus grande bonté et
la plus généreuse libéralité. De la mé-
fiance absolue de soi et de la pleine confiance en Dieu dépend, disait-il, le succès
de sa propre sanctification, de celle d'autrui et, en général, de toute action entreprise pour la gloire de Dieu.

3. Que dirons-nous de son ardent *amour
de Dieu ?* Il en avait réellement pénétré
tout son cœur, tout son esprit, toute son

âme. Il ne savait penser qu'à Dieu, parler
que de Dieu, et demeurait dans une constante union avec lui, contemplant tantôt
ses attributs et ses perfections, tantôt les
bienfaits sans nombre de sa Providence.
Et dans cette contemplation du souverain
Bien, son cœur s'enflammait de jour en
jour d'un amour plus sublime, dont il donnait des preuves dans ses sacrifices généreux et incessants.

4. Le fruit de son grand amour de Dieu
fut sa *charité envers le prochain*, surtout
envers ses confrères, simples Religieux ou
Supérieurs. Il souffrait avec eux de. leurs
défauts, partageait leurs afflictions, les
fortifiait dans l'adversité, dans les tentations, et dans ces angoisses qui, à cette
époque, emplissaient leur vie d'amertume ;
il offrait à chacun lumière et consolation,
et se faisait, en un mot, à l'exemple de
l'Apôtre, *tout à tous, pour les gagner
tous à son Jésus*. Jean veillait aussi avec
bonté à tous leurs besoins matériels, et
lorsqu'il le pouvait, pourvoyait à toutes
leurs nécessités. Il avait pour les malades
des entrailles de mère et les regardait

comme la prunelle de ses yeux, voulant
absolument qu'ils fussent tranquilles, con-
solés et même favorisés. Pour grande que
fût la pauvreté du couvent qu'il dirigeait,
il ne se laissait arrêter par aucune dépense
dès qu'il s'agissait de procurer à ses malades les remèdes nécessaires. C'est de lui
que ses fils et ses successeurs ont appris
cette maxime qu'ils ont toujours observée :
Ceux qui sont en bonne santé doivent
plutôt manquer du nécessaire que les
malades de ce qui leur est agréable.

Et n'allons pas croire que sa charité se
bornât à l'étroite enceinte d'un cloître ; il
voulait, au contraire, autant que la Règle
le lui permettait, en répandre les bienfaits
partout. Aussi faisait-on le plus bel éloge
de la charité avec laquelle il s'efforçait de
procurer au prochain les biens éternels et
le salut de l'âme. Il prêchait avec zèle et
onction la parole divine, et il exhortait
habilement tous ceux qui avaient le bonheur de s'entretenir avec lui, à suivre une
conduite régulière et chrétienne. Le nombre est grand des personnes de tout âge
et de tout sexe qu'il fit rentrer dans l'amitié

de Dieu, et qu'il porta, surtout au tribunal
de la Pénitence, à la plus haute perfection.

5. Saint Jean pratiquait un grand nombre de *dévotions;* mais elles sont peu
connues, parce qu'il les dérobait aux regards avec la plus ingénieuse discrétion.
Nous savons par des preuves évidentes
qu'il était très dévot envers la sainte Trinité. Il fut éclairé de lumières extraordinaires au sujet de ce mystère adorable.
« *Dieu*, écrivait-il, *fait à son pauvre pécheur de telles communications sur le
mystère de la sainte Trinité, que si sa
divine majesté ne fortifiait ma faiblesse
par un secours céleste, il me serait impossible de rester en vie.* » La foi nous
couvre le visage d'un voile, et nos regards
ne plongent pour ainsi dire que dans le
crépuscule de l'aurore ; ceux de Jean, dès
ici-bas, par une vue angélique, contemplaient le soleil en plein midi. Il célébrait
souvent la messe de la sainte Trinité, et,
comme on lui demandait la raison de
cette pratique, il répondait plaisamment :
« *C'est parce que je la crois la plus grande
sainte du ciel.* »

Il se préparait aux fêtes du divin Rédempteur par les exercices d'une fervente piété. Son cœur débordait de joie à la solennité de Noël, et, ne pouvant se contenir au dedans, cette joie se trahissait sur son visage et dans tous ses discours. Aux approches de la semaine sainte, temps consacré par l'Eglise au souvenir de la passion et de la mort de notre aimable Sauveur, c'était, au contraire, la tristesse intérieure de notre Saint qui se manifestait dans tous ses traits.

Il passait plusieurs heures par jour et par nuit en adoration devant le très saint Sacrement de l'autel, dans un si profond respect, un amour si ardent, que vous l'eussiez cru au vestibule du ciel. Pendant qu'il célébrait la sainte Messe, il était comme consumé d'un feu divin et fondait en larmes ou rayonnait de joie. Souvent alors il était ravi en extase, et son corps s'élevait au-dessus du sol. Ces ravissements étaient même si fréquents, et il s'en apercevait si bien, qu'il craignait de monter à l'autel surtout en présence du peuple.

Après son culte pour Jésus, sa première et sa plus tendre dévotion était envers la sainte Vierge Marie. Il l'aimait depuis son enfance avec une tendresse filiale, et s'appliquait avec la plus grande ferveur à l'honorer et à lui plaire. Elle, toujours si bonne envers ceux qui lui sont dévoués, le chérit en retour d'une affection toute maternelle, et le favorisa des grâces les plus extraordinaires. Il ne se passait pas de jour que Jean ne lui offrît plusieurs tributs d'hommage, spécialement la récitation à genoux de son petit office, et celle du saint Rosaire. Cette tendre dévotion à la Reine des anges, il savait aussi, par ses exhortations enflammées, l'inspirer aux autres. C'était par des prières et des pénitences plus spéciales, qu'il se disposait à célébrer toutes les fêtes de sa Souveraine et de son Avocate; mais rien n'égalait l'ardeur avec laquelle il se préparait à fêter l'Immaculée Conception de Marie, bien que l'Eglise n'eût pas encore défini cet ineffable privilège.

6. L'*Oraison* était la nourriture quotidienne de son âme, et plus il s'en nour-

rissait, plus vif était son désir de s'en
rassasier. Il devint bientôt un si grand
maître dans ce genre d'exercices, que les
auteurs ascétiques engagent les âmes dési-
reuses de la perfection à le prendre pour
guide dans les voies difficiles de la méditation, si elles veulent marcher avec sécu-
rité et faire de rapides progrès. Il n'en-
treprenait aucune affaire importante sans
en avoir conféré avec Dieu dans l'oraison,
et c'est encore à elle qu'il confiait ses
doutes comme à une ancre de sûreté.
Lorsque, dans une entreprise, il se voyait
abandonné des hommes, il se réfugiait
aussitôt dans la prière, attendant avec
confiance de Dieu les lumières et les secours nécessaires.

7. Il mettait la plus grande attention
à se tenir toujours en la *présence de Dieu*.
Son recueillement intérieur, fortifié par
un long exercice, devint si naturel que
rien ne le pouvait interrompre. Il était
heureux, d'ailleurs, quand il pouvait se
tenir à l'écart de toute société. C'était dans
les coins les plus retirés du cloître, sur les
montagnes désertes, dans les vallées soli-

taires, au fond des bois qu'il trouvait son repos, sa plus douce consolation.

8. Il fut en outre un des plus fidèles observateurs du *silence*. Il l'observait rigoureusement aux heures où la Règle le prescrivait; mais de plus, à quelque heure du jour que ce fût, il s'abstenait de toute parole, à moins qu'il n'y eût profit spirituel ou que les circonstances ne l'obligeassent à parler.

9. La profonde *humilité* de notre saint brilla d'un éclat incomparable. Il montra toujours les plus bas sentiments de lui-même, une exacte vigilance à ne révéler jamais ses vertus, travaillant sans se préoccuper du jugement des hommes, sans rechercher l'éloge, sans craindre le blâme, mais en vue de Dieu seul et pour sa gloire. Il se plaisait aux emplois les plus vils, aimait à être méprisé, recherchait les humiliations et les accueillait avec bonheur lorsqu'elles se présentaient.

10. *L'obéissance* fut la règle de sa vie entière. Pour prouver pleinement à quel degré d'héroïsme il posséda cette vertu, nous ne rapporterons qu'un seul fait, mais

qui permettra de passer sous silence tous les autres. Il était vicaire de la province d'Andalousie, lorsqu'un jour son Provincial lui envoya l'ordre de le venir rejoindre à Madrid pour une affaire importante. Le voyage était difficile : c'était en décembre, la saison était particulièrement froide, la neige abondante, et la pluie tombait par torrents ; Jean se trouvait d'ailleurs fatigué par une grave indisposition. Rien ne l'arrêta. Il avait reçu sa lettre à la tombée de la nuit ; il prépara sa valise pour partir dès le lever du jour. Son compagnon et plusieurs autres Religieux se rendirent auprès de lui, le prièrent, le conjurèrent de ne pas exposer ainsi sa vie. Jean leur imposa silence par une réponse digne de lui : « *Comment*, leur dit-il, *pourrais-je exhorter mes Religieux à une exacte obéissance, s'ils ne me la voyaient pas observer moi-même ?* » Il exécuta donc son dessein et partit à l'aube du jour suivant. Au sujet de l'obéissance, cette source de toutes les vertus, il avait coutume de dire : « *Dieu préfère en vous la moindre obéissance, la moindre soumission, aux*

*plus grands témoignages de fidélité que
vous sauriez lui offrir.* »

11. Quant à sa *mortification exté-
rieure*, elle fut extrême. Il ne prenait la
nuit qu'un court repos, souvent interrompu,
et se couchait parfois sur de simples sar-
ments. Il mortifiait son corps par des
jeûnes, de vils aliments ou des veilles
prolongées ; il y ajoutait de longues et
cuisantes flagellations, le port de cein-
tures en chaînes de fer à pointes aiguës
et d'un horrible cilice en joncs marins,
qu'il s'était lui-même tissé en guise de
tunique.

12. Ces saintes cruautés avaient pour
cause la *mortification intérieure* de notre
Saint. Il domptait son imagination et ses
passions en les assujettissant toujours à la
raison éclairée par la foi. Il pratiquait lui-
même et conseillait aux personnes pieuses,
l'abnégation, l'abandon de tout goût per-
sonnel, le détachement de toute satisfaction même spirituelle. Il est allé jusqu'à
écrire : « *N'ajoutez pas foi à celui qui vous
propose des doctrines trop larges, quand
bien même il ferait des miracles.* » Une

preuve de l'ascendant absolu et constant qu'il avait pris sur ses passions se trouve dans cette paix profonde dont jouissait son âme, et qui s'apercevait à l'air doux et serein de toute sa personne.

13. Il conserva toujours dans toute sa fleur la belle vertu de *pureté*. Térèse, cette grande sainte dont personne ne voudra récuser le témoignage, disait souvent : « Jean est une des âmes les plus pures que Dieu possède dans son Eglise, il l'a enrichie des plus abondants trésors d'une pureté incomparable. » Jean devait sans doute un privilège si admirable à Marie, cette Reine des Vierges, qui avait mis dans sa belle âme toutes ses complaisances, et qui voyait en lui son bien-aimé entre tous les fils du Carmel. Mais, pour insigne et rare que fût cette faveur, on peut dire qu'il l'avait méritée par les mille industries dont il usa avec une sorte de zèle jaloux, pour protéger sa vertu contre toute souillure. Les principaux moyens qu'il employa furent l'oraison, les mortifications corporelles, et la surveillance active qu'il exerçait sur ses pensées. Le démon

essaya en vain de lui tendre des embû-
ches pour lui ravir cet inestimable trésor,
Jean remporta sur lui d'éclatantes victoires. A l'époque où il habitait la modeste
demeure contiguë au monastère de l'Incarnation d'Avila , une jeune personne
noble, riche, affable, d'un caractère aimable et adonné à la piété, mais séduite par
Satan, entra furtivement de nuit dans sa
cellule. Le Saint était à genoux, en fervente oraison. N'importe ! elle eut l'au-
dace de se dire sa pénitente et de lui déclarer le but coupable de sa visite. A un
assaut si horrible, notre héros, sans lever
les yeux de terre, mais se maintenant en
la présence de Dieu, lui adressa des paroles si éloquentes et lui fit si bien sentir
l'horreur de sa faute et l'offense faite à
Dieu, qu'il toucha la malheureuse coupable. Celle-ci s'en alla repentante, résolut
de mener désormais une vie irréprochable
et persévéra jusqu'à la mort..

L'innocence virginale du Saint, cette
grâce suave, comme l'appelle saint Am-
broise, se manifestait sur son visage, dans
son maintien, dans toutes ses actions et

dans chacune de ses paroles. Il paraît même que Dieu communiqua à tous les objets dont il s'était servi ou qui avaient approché de son corps, la vertu de délivrer les âmes assaillies par de mauvaises tentations.

14. Jean estimait et aimait grandement la *pauvreté évangélique*. Il la pratiquait et en supportait avec joie toutes les peines. Il ne voulut jamais rien admettre de superflu dans l'ameublement de sa cellule, dans ses habits, dans sa nourriture, et souvent il allait jusqu'à négliger de se pourvoir du nécessaire. Son absolue pauvreté, d'esprit et de vie, le détachait même de ces objets de dévotion auxquels s'attachent souvent les personnes, pieuses, il est vrai, mais moins généreuses que lui. Toujours ferme à maintenir la pauvreté religieuse dans ses couvents réformés, il considérait comme très grave le moindre abus en cette matière. Durant ses divers supériorats, il était véritablement heureux s'il voyait son couvent plongé dans l'indigence, et privé même des choses indispensables à la vie. Il en-

gageait alors ses inférieurs à se réjouir au sein de ces privations, à en remercier le Seigneur, et à lui demander en toute confiance les secours nécessaires. Dieu récompensa souvent cette généreuse confiance du vénérable Père et de ses enfants, en leur envoyant des secours inattendus et considérables. Au collège de Baëza, il disait à sa communauté: « *Mes Frères, être pauvre consiste à manquer du nécessaire. Si tout nous venait à point, en quoi donc consisterait la pauvreté que nous avons embrassée pour l'amour de Dieu ?* »

15. Mais la vertu de notre Saint qu'on admira par-dessus toutes les autres fut son amour profond et insatiable pour la *souffrance*. Ce fut sa vertu caractéristique, celle qui l'éleva à une si haute perfection et le distingua parmi tous les saints. Pénétré de la grandeur, de la sublimité, de la profondeur et de l'étendue du mystère de la Croix, ce fut dans la Croix de Jésus qu'à l'exemple de saint Paul, il plaça toute sa gloire. Il brûlait parfois d'un si ardent désir de souffrir, qu'au seul mot de souf-

france. et de croix il tressaillait d'allégresse, et lorsqu'on s'étonnait de le voir s'attrister faute de nouvelles croix à porter : « *Oh ! sachez-le bien*, répondait-il, *le Seigneur me l'a fait comprendre très clairement dans ma prison de Tolède, rien au monde n'est plus précieux que souffrir pour l'amour de Jésus.* » Il disait souvent : « *Que peut savoir celui qui ne sait souffrir pour son Dieu ? — Des souffrances, plus on en a, mieux ça vaut.* » — Il portait une singulière affection à ces âmes généreuses qui, méprisant toute satisfaction, embrassaient la pauvreté et la nudité de la Croix.

Pendant que notre magnanime héros était prieur de Granata, il avait coutume de demander avec ferveur à Dieu trois étonnantes grâces : la première, qu'il lui accordât toujours de nouvelles et plus douloureuses épreuves ; la deuxième, qu'il ne mourût pas dans la charge de Supérieur ; la troisième, qu'il le fit mourir dans un lieu où il serait absolument inconnu et méprisé. Mais voici la demande la plus célèbre, et qui lui a mérité tant

d'éloges de la part des auteurs ascétiques :
Le Saint résidait alors à Ségovie, en qua-
lité de prieur et de premier consulteur.
Une nuit qu'il priait devant une pieuse
image représentant Jésus chargé de sa
Croix, il entendit une voix qui partait
de cette image et qui articula distinctement ces paroles : « Jean, quelle récompense veux-tu pour tout ce que tu as fait
et souffert ? » Le Saint fut frappé de cette
voix et demeura un instant surpris ; mais,
dans son humilité, il se défia de lui-
même ou crut peut-être à une illusion du
démon. Il visita soigneusement sa cellule
et les alentours : il ne s'y trouvait personne ; un profond silence, au contraire,
régnait partout. Il regagna sa place et
se remit en oraison. Mais un instant
après, il entendit de nouveau articuler
les mêmes paroles ; cette fois encore il
n'en tint aucun compte. Une troisième
fois cette voix se fit entendre, avec
un ton plus vif et plus clair. Jean sentit
soudain son esprit s'éclairer intérieurement, son cœur se remplir de ces émotions
suaves dont il reconnaissait si bien l'ori-

gine surnaturelle, et il répondit enfin à la généreuse demande de son Dieu : « Pour toute récompense, ô Seigneur, je veux souffrir et être méprisé pour vous. » Qui pourra comprendre la grandeur de cette réponse ? Qui jamais en mesurera toute la générosité, tout le désintéressement ?

Ces prières du Saint furent agréées et exaucées par le divin Rédempteur. Jusqu'à sa mort, Jean eut à endurer les plus nombreuses et les plus graves adversités. Quelques monastères de Carmélites-Déchaussées avaient obtenu un bref qui les soustrayait à l'autorité du conseil nouvellement institué dans l'Ordre réformé. Jean fut nommé leur commissaire. Ce choix lui attira de nombreuses jalousies et le fit passer pour ambitieux , car le soupçon s'était répandu qu'il avait brigué en secret cette dignité. Il apprit bientôt, avec la plus grande tristesse, que les Carmes-Déchaussés avaient, par un décret violent, séparé de l'Ordre les Filles de sainte Térèse, leur commune réformatrice. Il fut ensuite persécuté par un de ses fils en religion qui, dans son aveuglement et son ingratitude, lui intenta un procès impie et injurieux à sa réputation. Jean supporta tout avec une héroïque soumission à la volonté de Dieu. Il laissait à la Providence le soin de le justifier ; ce qui arriva pour sa gloire et à la honte de son persécuteur. Enfin, Jean mourut dans un couvent où il avait été en butte à des afflictions et à des mépris de tout genre.

X

PRIVILÉGES QUE DIEU LUI ACCORDA

1. Saint Jean de la Croix ne fut pas seulement remarquable par l'excellence de ses vertus et la grandeur de ses mérites, il le fut plus encore par les faveurs surnaturelles dont le Seigneur dans sa bonté se plaît à combler ses plus fidèles serviteurs.

Son pouvoir sur les esprits infernaux fut considérable. Il eut la gloire non seulement de les terrasser dans sa propre personne, mais de délivrer encore les autres de leurs vexations. Les triomphes qu'il

remporta sur eux furent si grands et si
éclatants, que ces fils de ténèbres lui ju-
rèrent une haine implacable. Persuadés
par tant de preuves qu'ils ne pourraient
prévaloir contre un saint si puissant, ils se
mirent à le harceler, même de nuit, sous
d'horribles formes, avec des hurlements
accompagnés de tapage et d'insultes. Ils le
frappaient même si cruellement et avec
tant de rage que, plus d'une fois, ils le
laissèrent épuisé et tout meurtri. Mais le
cœur de Jean était insensible à toutes ces
vexations, et loin de s'en épouvanter, armé
du bouclier de la patience et du casque de
la Foi, il remportait sur ces démons les
plus glorieuses victoires.

2. L'Auteur de tout bien lui accorda en
outre le don des miracles. De son vivant
déjà, il en opéra de nombreux et d'éton-
nants. Il fut de plus doué de l'esprit prophétique. Il annonça, en effet, divers
événements que la sagesse humaine n'eût
pu prévoir et qui, en fait, se réalisèrent de
tous points. Parmi ces événements le suivant mérite d'être rappelé. En mars 1588,
le P. Jean de Saint-Ange, Religieux de

grande vertu et déjà très âgé, dit au Saint, comme en plaisantant, qu'il avait cru, en songe, célébrer la fête et réciter l'office de sainte Térèse. Notre saint Père lui répondit gravement : « Que Votre Révérence ne prenne pas ce fait en riant ; avant de mourir, elle en verra l'accomplissement.» D'abord, le bon vieillard n'en crut rien ; mais la prophétie se réalisa pleinement, et Jean de Saint-Ange vécut assez pour assister non seulement à la Béatification, mais encore à la Canonisation solennelle de Notre Sainte Mère.

3. Le Seigneur favorisa saint Jean d'une si grande lumière surnaturelle, qu'il voyait en esprit, comme s'il eût été présent, les faits qui se passaient à une grande distance. Il devinait les projets et les plus intimes pensées du prochain, et discernait avec sûreté les véritables vocations de celles qui étaient l'effet de l'illusion ou des séductions diaboliques.

A ce don de sonder les cœurs, s'ajoutait dans cette âme privilégiée celui des visions et des révélations. Nous ne parlerons que de quelques-unes. Un jour qu'il méditait profondément, comme de coutume, sur la Passion du Divin Rédempteur, le bon Jésus lui apparut fixé à la Croix, déchiré et comme déchiqueté par les coups, la tête percée de nombreuses épines, les pieds et les mains transpercés de clous. Cette attendrissante vision émut tellement ses entrailles et demeura si bien gravée dans son imagination, qu'il en retraça un admirable croquis sur le papier. Jean n'avait jamais appris l'art de la peinture ; les connaisseurs jugèrent son dessin vraiment miraculeux. — Une autre fois, comme il priait avec son frère le V. François Jepez, tous deux furent admis à contempler la gloire dont jouissaient au ciel leur mère Catherine Alvarez et tous les fils de ce même François. Le Seigneur lui révéla aussi l'affreuse tempête qui devait bouleverser et presque anéantir la réforme du Carmel. — Un jour, Dieu l'éclaira sur l'état horrible d'une novice de Véas qui s'était faite l'esclave volontaire du démon. Il en écrivit à la Mère Catherine de Jésus et lui ordonna d'expulser immédiatement cette misérable jeune fille, ce qui fut aussitôt exécuté.

4. Ses extases et ses ravissements étaient si fréquents, qu'il serait difficile de les compter. Un de ces singuliers prodiges est digne de mémoire : il arriva au monastère des Carmélites-Chaussées de l'Incarnation d'Avila. Un jour de la Sainte Trinité, Mère Térèse de Jésus pria le serviteur de Dieu de lui adresser quelques paroles sur ce mystère de notre Foi. Jean, l'âme brûlante d'amour, accepta. Or, plus il avançait dans son discours, plus il s'enflammait et se sentait comme attiré par une force surhumaine. Dans sa profonde humilité, il voulut s'opposer à cette attraction, et se cramponna fortement au siége qu'il occupait. Résistance inutile ! Par un merveilleux prodige, ce nouvel Elie fut élevé du sol avec son siège. Sainte Térèse, qui l'écoutait à genoux, fut, elle aussi, surprise dans cette attitude par une force surnaturelle, et élevée de terre avant même qu'elle s'en aperçût. Tous deux ainsi, en extase, immobiles, sans vie, le regard comme fixé sur un spectacle lointain, rayonnaient d'une lumière divine. Une Sœur, appelée, depuis, dans la réforme, Béatrix de Jésus, étant

entrée au parloir pour y porter une commission, vit la Sainte Mère et son collaborateur élevés au-dessus du sol comme des Chérubins en contemplation. Elle courut appeler ses compagnes qui, après avoir été témoins de ce spectacle, rentrèrent dans leurs cellules avec des exclamations d'étonnement et de reconnaissance envers Dieu.

5. Souvent, et surtout pendant qu'il célébrait les Saints Mystères, le Saint offrait un visage environné de rayons étincelants. C'est après avoir vu ces rayons miraculeux que la jeune Angèle d'Aleman se convertit. Cette fille, de noble race mais de mœurs légères, s'était présentée un jour au Saint pour se confesser. En voyant son visage entouré de splendeur, elle se sentit tout émue, résolut de changer de vie, et se mit aussitôt à l'œuvre. Les pénétrantes et efficaces exhortations de Jean la confirmèrent dans son dessein et la mirent à même de l'exécuter.

XI

SA SCIENCE INFUSE

1. Jean avait acquis une science considérable en fréquentant avec assiduité les cours de théologie ; il s'était, en outre, par ses profondes méditations sur les divines Ecritures, enrichi l'esprit de connaissances très étendues dans les sciences surnaturelles. Toutefois, il est hors de doute que cette sagesse céleste qui débordait en lui, dépassait la sphère des forces humaines et, partant, était une science infuse, directement communiquée par l'Esprit-Saint. Il s'éleva si haut dans la théologie mystique, il pénétra si avant dans les sublimes mystères dont elle abonde, que nécessairement, en dehors des lumières naturelles, il devait être éclairé d'inspirations surnaturelles.

Dans ses traités mystiques, il expose avec une science admirable les plus sublimes états de la contemplation, résout d'une façon magistrale les doutes les plus embarrassants, pénètre avec une étonnante

sagacité les ténèbres les plus épaisses,
trace au milieu d'elles une voie sûre, dé-
nonce les illusions les plus trompeuses et
découvre les écueils les plus cachés. Il
suggère les moyens les plus propres à élever l'âme à l'union avec Dieu, et s'il la
trouve déjà parvenue à ce degré, si son
union mystique est déjà accomplie, il sait
diriger cette âme avec tant de sagesse,
qu'il la fait persévérer dans cet état et la
préserve habilement de toute dangereuse
illusion.

2. Ces sublimes traités de Jean, qu'on
n'a pu imiter jusqu'ici, sont au nombre
de quatre :

1° *L'Ascension du Mont Carmel;* ce
traité est divisé en trois livres. Le Saint
s'y propose de conduire les âmes à travers
l'obscurité de la vie purgative, jusqu'à la
plus intime union avec Dieu, autant du
moins que cela est permis aux pèlerins
d'ici-bas ;

2° *La Nuit obscure,* ouvrage en deux
livres, destiné à éclairer l'âme dans ses
angoisses et ses obscurités spirituelles ;

3° *Exercice de l'amour entre l'âme et*

Jésus son époux, traité d'une précieuse doctrine concernant l'oraison et ses effets, et qui, en outre, résout plusieurs difficulcultés du livre des Cantiques ;

4° *Flamme de vif amour*, recueil admirable de doctrines sur les plus sublimes transformations de l'âme en son Dieu.

3. A ces traités s'ajoutent les précieux opuscules suivants : *Instruction pour les Religieux contre les ennemis communs.* — *Sentences et avis spirituels.* — *Lettres spirituelles adressées à diverses personnes.* — *Poésies religieuses sur divers sujets.*

Quant au traité des *Epines spirituelles*, quelques hagiographes l'ont attribué à notre Saint, mais le savant et pieux chanoine D. Emmanuel Mugnoz Carnica, dans sa remarquable dissertation hagiographique et critique intitulée : *S. Juan de la Cruz, Ensayo Historico, Jaen 1875*, démontre par de solides preuves que .cet ouvrage n'est pas de notre auteur. Le même chanoine affirme, en outre, qu'on a perdu ou égaré un autre traité du Saint, qui, sous le titre allégorique de *Qualités du passereau solitaire*, parlait de la solitude, et indiquait à l'âme désireuse de la perfection la manière de fixer ses regards sur le ciel.

Ces traités mystiques de saint Jean de la Croix excitèrent l'admiration d'un grand nombre de doctes personnages. L'Eglise a déclaré qu'ils sont pleins d'une sagesse toute céleste (1), et ils mériteraient à leur auteur le titre auguste de *docteur mystique*.

4. Qu'il nous soit permis ici d'en extraire quelques enseignements d'or, au sujet du détachement de toute affection aux créatures et de l'abnégation de soi-même.

« Pour arriver à l'union de l'âme avec Dieu, première et suprême fin de tout ce

---

(1) Benoît XIII, dans la Bulle de Canonisation, appelle le saint : « Homme très cher à Dieu et qui fut, à l'égal de Sainte Térèse, divinement éclairé dans l'exposition qu'il a faite, par écrit, des secrets de la théologie mystique. » Ces paroles expliquent l'éloge qu'au jour de sa fête lui adresse la liturgie : « Il a écrit sur la théologie mystique des livres remplis d'une sagesse céleste, et, de l'avis de tous, dignes d'une admiration sans réserve. » (*Note de l'auteur.*)

qui existe, il faut avoir détruit en nous toutes les inclinations coupables de notre nature corrompue, et même toute affection qui n'aurait pas Dieu pour objet ou au moins pour motif. » (*Ascension du Mont Carmel*, l. I.)

« L'Appétit déréglé pour les misérables biens de ce monde, avilit l'âme au point de l'assimiler et de l'asservir à ces biens. Il la fatigue et l'attriste, sans la satisfaire aucunement. Il la tourmente par le désir d'acquérir ces faux biens ou la crainte de les perdre. Il la plonge dans les ténèbres, en lui enlevant les lumières surnaturelles et en affaiblissant celles de la nature. Il la rend indigne des secours divins, et, par là, faible et lâche dans l'exercice des vertus. Il la souille honteusement en lui faisant commettre d'innombrables fautes graves. Enfin, il la rend *moins que rien*, et désormais incapable de s'élever à l'Union divine. (*Ascension du Mont Carmel*, l. I, c. IX.)

« L'âme qui conserve *la moindre attache*, même *à la plus petite chose* du monde, eût-elle les plus grandes vertus,

n'arrivera jamais à l'union avec Dieu.
Il importe peu, en effet, que l'oiseau soit
retenu par un gros ou par un petit fil,
si petit soit-il, pendant qu'il ne l'aura
pas rompu, il demeurera lié toujours,
sans pouvoir jamais prendre son essor.
Oh ! qu'il est pénible de voir certaines
âmes, riches de vertus et de faveurs
célestes, mais qui, pour n'avoir pas le
courage d'en finir avec une affection des
plus mesquines, ne peuvent arriver à
l'Union divine : il ne leur restait pourtant qu'un léger fil à rompre ! Quant à
l'âme affranchie de tout lien terrestre,
comment Dieu pourrait-il ne pas se com-
muniquer pleinement à elle ? » (*Ascension
du Mont Carmel*, l. I, c. xi.)

« Il faut amèrement déplorer l'igno-
rance de certaines âmes qui, de leur chef,
s'imposent d'indiscrètes pénitences et de
nombreux exercices spirituels, qui placent
en ces pratiques l'essence même de la
sainteté, et qui s'imaginent que la pratique seule de ces exercices, sans la mortification de leurs appétits désordonnés,
suffira pour les unir définitivement à Dieu.

Ces âmes n'atteindront ce but qu'après avoir efficacement refréné leurs appétits. Si elles utilisaient seulement la moitié de leurs efforts et de leurs souffrances pour atteindre à cette abnégation, elles profiteraient plus en un mois, que pendant une année avec leurs exercices arbitraires. » (*Ascension du Mont Carmel*, l. I, c. XIII.)

« Efforcez-vous toujours d'incliner votre esprit à ce qu'il y a de plus *difficile*, de plus *pénible*, de plus *méprisable* à faire. » (*Ibid.*)

« Oh! qui fera jamais comprendre jusqu'à quel degré Dieu exige cette abnégation? Elle doit absolument être comme une mort, comme un anéantissement universel de notre nature et de notre esprit. Je voudrais persuader toutes les personnes pieuses de ce fait, que la vraie voie du Seigneur n'est pas dans la multiplicité des méditations et des autres exercices de piété (bien que ces actes soient nécessaires aux commençants), mais qu'elle consiste dans un seul exercice indispensable : renoncer à soi-même de corps

et d'âme, et imiter Jésus-Christ en se
vouant, par amour pour ce divin Rédempteur, à la souffrance et, pour ainsi dire,
au complet anéantissement. Supprimez
cet exercice, racine et fondement de la
vertu, tous les autres, fussent-ils de sublimes méditations ou des communications
célestes, seront sans valeur et d'aucun
profit. Aussi, ne considérerai-je jamais
comme vertueuse une âme qui, dans la
voie de la perfection, n'aspire qu'à ce qui
est facile et agréable, et ne veut pas
imiter Jésus - Christ. » (*Ascension du
Mont Carmel*, l. II, c. VII.)

XII

SA DERNIÈRE MALADIE

1. Ce fut pendant son séjour à la Pegnuela, vers la mi-septembre 1591, que
notre Saint ressentit les premières at-
teintes de cette fièvre qui lui annonçait sa
fin prématurée. Toujours épris de la souffrance, il n'eut aucune inquiétude au sujet
de son mal, et n'y prit même pas garde.

Bientôt ce mal s'aggrava, et les humeurs s'amassèrent dans la jambe droite au point de lui causer une grave enflure, semblable à celle des érésipèles. Les Religieux de la Pegnuela en furent extrêmement affligés. Le prieur, D. Diego de la Conception, très attaché au Saint, se vit bientôt dans la nécessité de l'envoyer à un autre couvent. Dans ce désert, en effet, il aurait difficilement pu se guérir, car les remèdes indispensables y manquaient totalement. Le Prieur écrivit donc au Provincial, le V. Père Antoine de Jésus, qui se hâta de répondre en laissant au Saint le choix entre les deux couvents de Baëza et d'Ubeda. Le P. Diego engageait le malade à choisir Baëza : il était connu de ses habitants, la maison y était plus commode, et son prieur, le P. Ange de la Présentation, à cause de la reconnaissance qu'il devait à notre Saint, lui serait plus dévoué. Mais, précisément pour ces motifs, Jean refusa de s'y rendre, et résolut de se retirer à Ubeda, où il était, au contraire, absolument inconnu, et dont le Prieur lui était hostile. Au vif regret de ses bien-aimés confrères, il partit le 22 septembre de cette même année 1591. Il fit le voyage sur une pauvre monture dont les mouvements saccadés le firent beaucoup souffrir et aggravèrent son état en excitant les douleurs de sa jambe enflée. Cependant, au milieu de ses plus vives souffrances, il sentait un profond soulagement à s'entretenir de Dieu avec le frère convers qui l'accompagnait.

2. Il arriva ainsi au couvent d'Ubeda, exténué par la maladie et les fatigues du voyage. Tous ses confrères l'y reçurent avec bonheur. Seul le P. Prieur ne l'accueillit qu'avec mauvaise grâce, le regardant comme une charge insupportable. Cet homme, au caractère emporté, avait été odieusement prévenu contre notre Saint. Sans tenir compte de cet esprit de charité à l'égard des infirmes qui doit caractériser les Carmes-Déchaussés, il ne lui adressa jamais un regard ou une parole de bonté. L'écoutant avec dédain, il lui répondait avec rudesse et cherchait toutes les occasions de le molester. Triste antipathie !... même dans les cloîtres les plus sévères et

les plus réguliers, il arrive qu'on trouve ces imperfections inséparables de la nature humaine, ces caractères contrariants, âpres et difficiles, qui fournissent aux âmes saintes l'occasion d'une plus grande perfection. Dieu tire ainsi toujours le bien du mal, qu'il ne permet du reste qu'à cette fin. Ne nous étonnons donc pas que, même parmi ses frères réformés, la vertu du Saint ait été soumise à une douloureuse épreuve : un d'entre eux était malheureusement dénué de cet esprit de justice et de charité qui est le fondement indispensable non seulement de tout institut religieux, mais encore de toute vertu purement humaine. La divine Providence, toujours adorable, avait permis que son fidèle serviteur fût abreuvé de tant d'amertumes, afin qu'il ajoutât ainsi à son immortelle couronne le plus beau de ses fleurons, ou, du moins, un de ses diamants les plus étincelants. A mesure que le P. Prieur le contristait, notre Saint redoublait ses actes de résignation, d'humilité et de douceur. Sa bouche ne proféra jamais la moindre parole amère qui trahît l'impatience et la

plainte ou dénotàt du mécontentement. Il
se réjouissait de se voir à ce point semblable à Jésus qui, sur la Croix, se plai-
gnait d'être abandonné de son Père.

3. La conduite blàmable du P. Prieur
fut bientôt connue et désapprouvée comme
elle le méritait. Le V. P. Antoine de Jésus,
provincial, en eut vent. Comme il portait à
Jean une paternelle affection, il se rendit
sans retard à Ubeda, reprocha en toute
justice au P. Prieur son peu de charité,
ordonna qu'il fût libre à tous les Religieux
et même aux personnes pieuses du dehors
d'aller visiter le malade, lui rendit son
premier infirmier, qui était plein de bonté
et qu'on lui avait enlevé pour l'affliger
davantage, commanda de pourvoir à tous
ses besoins sans rien épargner, et lui-
même demeura quatre ou cinq jours au
couvent, s'entretenant souvent avec lui et
lui donnant les témoignages de la plus
douce bienveillance. A la fin, le P. Prieur
ouvrit les yeux, regretta amèrement d'avoir
mal connu et plus mal traité encore ce Père
vénéré, qui avait entrepris le premier et
mené à bonne fin la mission céleste de

réformer l'Ordre du Carmel; il vint, tout en pleurs, lui demander pardon et devint ensuite un de ses amis les plus dévoués.

4. Dès ce moment, les persécutions qui s'attaquaient au serviteur de Dieu cessèrent, mais son infirmité s'aggrava de jour en jour. Les humeurs corrompues qui s'étaient portées d'abord sur le pied commencèrent à s'étendre à toute la jambe où elles se fixèrent en divers points. Pour prévenir un plus grand mal, le chirurgien dut en venir à de doulonreuses incisions. Le patient supporta l'opération avec une force admirable et sans témoigner la moindre douleur, au point que le chirurgien ne pouvait revenir de son étonnement.

Quelque temps après, cinq plaies s'ouvrirent sur le cou-de-pied, le corps entier se couvrit de tumeurs, et, entre les épaules, un grave abcès vint lui causer d'horribles souffrances. Consumé par une fièvre continuelle, Jean se vit enfin réduit à ne pouvoir plus faire un mouvement. Toutes ces douleurs réunies durèrent trois longs mois. Ses confrères étaient édifiés

de le voir conserver dans cet état son inaltérable patience et la paix du cœur la plus **parfaite**, et demeurer comme abîmé dans l'ineffable présence de son Dieu sans réclamer jamais aucun soulagement.

XIII

SA PRÉCIEUSE MORT

1. La veille de l'Immaculée Conception de Marie, de l'an 1591, Jean demanda quel jour il était ; on le lui dit, il se tranquillisa, et, dès ce jour, tous les matins, il reposa la même question. C'est de ce fait qu'est venue la tradition commune et bien autorisée dans l'Ordre du Carmel, que la très sainte Vierge Marie lui aurait révélé le jour de sa mort : elle arriverait un samedi et huit jours après la vigile de l'Immaculée Conception.

Son état empirant sans cesse, le médecin ordonna qu'on lui administrât les sacrements. Saint Jean tressaillit de bonheur, et comme s'il n'eût plus senti aucune souffrance, il s'écria : *Je me réjouis des nouvelles qu'on m'apporte, voici que nous allons entrer dans la maison du Seigneur* (Ps. 121, 1). Il ajouta seulement qu'on le communierait dans la forme ordinaire, parce qu'on pouvait différer encore la communion en viatique. Les dimanche, lundi, mardi et mercredi, il souffrit extrêmement, moins cependant qu'il l'eût désiré. Le jeudi, à l'aube du jour, il demanda avec instance les derniers sacrements. Avant de les recevoir, il pria les assistants avec des larmes de repentir de lui pardonner les peines qu'il avait pu leur causer dans sa maladie, et les remercia du dévouement avec lequel ils l'avaient assisté et consolé. Puis, il demanda au Prieur que, *pour l'amour de Dieu, il lui fît l'aumône d'un peu de terre pour sa tombe et d'un habit de son Ordre qu'il y emporterait.* A ces mots tous éclatèrent en sanglots.

2. Le vendredi, pour le purifier encore et le conformer de plus en plus à son image, Jésus Crucifié le fit participer au cruel abandon qu'il avait éprouvé Lui-même sur la Croix, avant de mourir.

Voici que notre Saint, déjà si cruellement éprouvé en son corps, sentit tout à coup son âme comme plongée dans une mer de désolation intérieure. Une nuit obscure enveloppa son esprit ; il lui parut que Dieu l'avait abandonné pour toujours. Le V. P. Antoine de Jésus, provincial, pour le rassurer et le rasséréner, lui montrait la récompense qu'il était sur le point de recevoir en retour de tout ce qu'il avait souffert et accompli soit pour commencer, soit pour faire réussir ou pour étendre la réforme.

A ces paroles, Jean se boucha les oreilles avec les mains et, d'une voix forte, l'interrompit en disant : *Que Votre Révérence ne me rappelle pas ces faits, mais qu'elle évoque à mon souvenir mes nombreux péchés et la seule satisfaction qu'il soit en mon pouvoir d'offrir à Dieu, c'est-à-dire le sang et les mérites de Jésus-Christ.*

3. Après le coucher du soleil, il demanda avec une pieuse insistance le sacrement de l'Extrême-Onction, qu'il reçut avec une grande dévotion. Voyant la

communauté réunie auprès de sa couche,
il lui adressa de courtes mais touchantes
paroles, l'exhortant à l'obéissance envers
les Supérieurs, à l'observation exacte de la
Règle primitive et à la charité fraternelle.
Ensuite, il invita les religieux à se retirer
pour prendre leur repos. Ceux-ci le quit-
tèrent, laissant auprès de lui le P. Barthélemi et le frère François. Jean prit son
crucifix entre les mains, lui baisa les
pieds à diverses reprises et lui adressa
les plus affectueuses invocations. Après
un moment, il demanda quelle heure Il
était. — Neuf heures, lui répondit-on :
— *Il me manque donc trois heures*, reprit le Saint, et il ajouta : *Comme mon
pèlerinage se prolonge !* Entendant la
cloche d'une communauté de Religieuses
qui se rendaient à Matines, il dit : *Pour
moi, Dieu merci, j'irai les réciter près
de la Vierge Marie, au ciel.* S'adressant
ensuite à cette bonne Mère et Reine :
Je vous remercie, lui dit-il, *de l'extraordinaire faveur que vous m'accordez de
mourir un samedi, jour consacré à votre culte.* Aux approches de sa der-

nière heure, les ténèbres intérieures qui
l'avaient si douloureusement éprouvé se
dissipèrent. Dieu se manifesta de nouveau à son âme et la réconforta par d'inef-
fables délices. Jean alors poussa un profond soupir , son visage redevint serein
et la joie du ciel brilla sur son front. Il
se redressa, s'assit sur son lit avec une
agilité surprenante et s'écria : *Dieu soit
béni ! Comme je me sens léger et sou-
lagé !* Il récita ensuite quelques psaumes,
priant ceux qui l'assistaient de l'accompagner. De temps à autre, il baisait les
pieds du crucifix, et, après une petite
heure, il se recoucha. Il redemanda encore une fois l'heure qu'il était ; apprenant qu'il était onze heures et demie, il
pria l'infirmier d'appeler les Religieux.

4. A cet appel funèbre, tous, dans la
consternation, accoururent à la cellule du
Saint. Le Provincial, P. Antoine de Jésus,
s'agenouilla en pleurant devant son lit,
ainsi que toute la Communauté, qui fondait
en pleurs, et il lui dit que tous désiraient
recevoir sa bénédiction avant qu'il les qui-
tât, et qu'arrivé en présence de Dieu, il

voulût bien les recommander à sa divine
Majesté. Confus de telles paroles, le **Saint**,
plein d'humilité, lui répondit : *Pour ce
qui est de vous recommander à Dieu,
je l'ai fait ; quant à la bénédiction, c'est
à vous seul, comme Supérieur de toute
la Province, qu'il appartient de la donner*. Mais le Provincial, jugeant de son
devoir de ne pas se priver lui avec ses fils
d'une si précieuse faveur, en appela à la
sainte obéissance. Jean alors leva la main
et d'un signe de croix bénit avec une paternelle effusion tous ses chers enfants.
Douce bénédiction qui, nous l'espérons,
sera venue jusqu'à nous et à tous ceux qui
ont embrassé la réforme du Carmel ! On
commença ensuite à réciter la recomman-
dation de l'âme. Quand elle fut achevée,
Jean dit au P. Alphonse de la Mère de
Dieu : *Ne vous arrêtez pas, Père, mais
continuez à me recommander à Dieu,
car j'ai besoin d'un peu de repos*. Puis,
pressant le crucifix dans ses mains, il pria
les assistants de lui lire quelques passages
du livre des Cantiques. Pendant cette lecture, il exhalait d'ardentes invocations.

Soudain, sonna l'heure douloureuse. Il était à peu près minuit. Jean ouvrit les yeux et vit le frère François qui, plongé dans la douleur, ne pouvait se séparer de lui. Zélé jusqu'à ce moment suprême pour l'observance exacte des Règles, il lui dit : *Frère, allez donc sonner Matines.* A ce moment, un magnifique globe de lumière l'environna, la cellule s'inonda d'une telle splendeur que les vingt flambeaux qui l'éclairaient en furent éclipsés. Au milieu de cette lumière éclatante, le Saint parut comme absorbé dans une sublime oraison. Un premier coup de cloche se fit entendre : *Que sonne-t-on ?* demanda-t-il ; on lui répondit : Matines ; il reprit : *Je m'en vais les réciter en Paradis.* Puis, il porta autour de lui, sur ses fils, un dernier et affectueux regard : c'était son suprême adieu. Il saisit alors avec une ardeur extraordinaire le crucifix, l'approcha de ses lèvres, lui couvrit les pieds de baisers, prononça les paroles de Jésus mourant : *Seigneur, je remets mon âme entre vos mains;* puis, sans agonie, sans effort douloureux, mais dans une paix profonde, il expira.

Jésus et Marie, qui l'avaient assisté à ce moment suprême, conduisirent directement son âme si pure dans l'éternelle joie. On vit cette âme bienheureuse s'élancer au ciel dans un globe lumineux ; son corps conserva son attitude grave, et sur son visage apparut une blancheur inconnue et toute céleste. Ce passage digne d'envie de notre vénéré Père à la béatitude éternelle eut lieu le 14 Décembre 1591. Jean de la Croix avait quarante-neuf ans.

XIV

SA GLORIFICATION

1. Dieu, qui est admirable dans ses saints, exalta par de nombreux miracles la sainteté et la gloire de Jean. Il avait à peine quitté la terre, que déjà sa dépouille mortelle, où respirait je ne sais quoi de céleste et d'où s'exhalait une suave odeur, excitait en tous la plus vive émotion, non point de regret ou de douleur, mais de sainte allégresse.

Aussitôt que la cloche du couvent eut

annoncé sa mort, on vit accourir la foule
qui se pressa vers les portes, bien que ce
fût peu après minuit, que la saison fût
rigoureuse, et qu'il tombât alors une forte
pluie. Il y avait dans cette foule plusieurs
personnes de distinction ; on se vit obligé
d'ouvrir et de donner entrée à tous. Chacun
se précipita vers le pauvre lit du Saint, lui
baisa les pieds, et demanda quelques objets dont il s'était servi afin de les conserver comme de précieuses reliques.

2. Au point du jour, on transporta les
saintes dépouilles à l'église. Tant qu'elles
y furent exposées, l'affluence du peuple ne
se ralentit pas un instant. Bien qu'on
n'eût fait aucune invitation, tout le clergé
séculier et régulier d'Ubeda se rendit à ses
obsèques. Elles furent célébrées solennellement. On chanta la messe de *Requiem* et
on prononça l'oraison funèbre du défunt.
Quant vint le moment de l'inhumer, tous
prétendirent à l'honneur de le porter sur
leurs épaules. Pour satisfaire à ce pieux désir, on convint que les divers Ordres religieux le porteraient à tour de rôle. Ses
restes furent déposés, sans distinction par-

ticulière, sous le pavé de l'église, et furent recouverts de la dalle commune.

3. La nuit même de son bienheureux trépas et les jours suivants, il apparut à différentes personnes pieuses. Plusieurs fois, dans l'obscurité de la nuit, on vit une lumière très vive rayonner de la pierre qui le recouvrait. Les miracles obtenus par son intercession furent si nombreux qu'il faudrait tout un livre pour les raconter. Qu'il nous suffise de dire que, lors de sa béatification, on présenta à la Sacrée Congrégation des Rites, une liste de soixante-quatre miracles des plus insignes et des plus célèbres.

4. De plus, Dieu lui accorda le privilège, aussi étonnant qu'inouï, de faire de son tombeau un lieu d'apparitions merveilleuses. Des personnes de tout sexe et de toutes conditions y virent apparaître tantôt Jésus en Croix, tantôt la B. Vierge Marie avec son divin Enfant, tantôt des Saints et notre Père lui-même. L'heureux effet de ces admirables apparitions fut la conversion de plusieurs pécheurs obstinés. Ces apparitions furent solennellement

approuvées et reconnues comme miracu-
leuses par le souverain Pontife Clément X.

5. Neuf mois après la mort de Jean,
Anne de Pegnalose, de concert avec son
frère D. Mercado, membre du Conseil
Aulique, se mit en mesure de faire transporter les saintes Reliques d'Ubeda à Ségovie. Ils firent tant tous deux qu'ils
obtinrent un Rescrit du Conseil Royal et
la permission du vicaire général des Déchaussés, le P. Nicolas Doria. Ils envoyèrent donc un messager, muni des autori-
sations nécessaires et chargé d'obtenir le
consentement du Prieur de ce monastère
et son silence. Le délégué arrivé à Ubeda,
on se mit, vers onze heures du soir, à exhu-
mer la sainte Dépouille. Un délicieux parfum s'exhala de la tombe ouverte; on re-
trouva le Saint comme s'il venait d'expirer,
sans trace de décomposition, le teint frais,
les membres flexibles. L'envoyé considérant
qu'il lui serait impossible de le transporter
ainsi, intact, prit la plus étrange détermi-
nation : il le fit replacer dans son tombeau
et couvrir de chaux vive de toute part.
Après neuf autres mois, on l'exhuma de

nouveau. Ses chairs s'étaient desséchées, mais sans se corrompre, et répandaient toujours un arome céleste. On le renferma dans un autre cercueil, et on le transporta ainsi à Ségovie, dans l'église des Carmes-Déchaussés. Peu de temps après, divers notables d'Ubeda demandèrent et obtinrent de Clément VIII qu'il fût rapporté dans leur cité. Toutefois, pour prévenir toute nouvelle altercation entre les deux villes, le P. Général de l'Ordre décida que la tête et le buste du Saint resteraient à Ségovie, et qu'on abandonnerait à Ubeda les deux bras et les deux jambes. C'est dans ces deux villes que, grâce à la foi vive de la catholique Espagne, ces reliques insignes reposent encore aujourd'hui, dans une splendide et magnifique chapelle où on les vénère avec une dévotion toute particulière. Les âmes affligées surtout, dont notre Saint est le puissant et compatissant protecteur, recourent à lui et en obtiennent de nombreuses faveurs.

6. Les miracles par lesquels Dieu manifestait la gloire de son grand serviteur Jean de la Croix frappèrent vivement le

pape Clément X, qui le béatifia le 6 octobre 1674. Benoît XIII, au siècle suivant, l'inscrivit au Catalogue des Saints. Les solennités de la Canonisation eurent lieu à Rome, dans la Basilique Vaticane, le 27 décembre 1726, avec une pompe et un éclat extraordinaires. L'anniversaire de cette mémorable journée, célébré l'année suivante, 1727, dans toutes les églises de la réforme, fut un véritable triomphe pour le nouveau Saint et une source de douce joie pour tous les fidèles.

7. Voici le trois centième anniversaire du trépas de notre bien-aimé Père. En cette heureuse circonstance, nous adressons au Saint-Siége nos vœux les plus ardents pour qu'il daigne ajouter un nouveau lustre à sa gloire en le proclamant *Docteur mystique*. D'autres bientôt, nous en avons la douce espérance, raconteront les nouveaux honneurs que lui attirera cette proclamation, si vivement désirée par les Carmes et par tous ceux qui ont pu apprécier la sublimité de sa doctrine mystique.

PRIÈRE

DE

SAINT JEAN DE LA CROIX

A LA

TRÈS SAINTE VIERGE [1]

JÉSUS, MARIE, JOSEPH

Très sainte Marie, Vierge des vierges, Sanctuaire de la très sainte Trinité, Miroir des anges, Refuge assuré des pécheurs, attendrissez-vous sur nos maux, accueillez avec clémence nos soupirs, et apaisez la colère de votre très saint Fils.

[1] L'original de cette belle prière est conservé au monastère des Carmélites-Déchaussées de Véas (Espagne).

1

APPENDICE

DESTINÉ A PROMOUVOIR LA CAUSE DU DOCTORAT

DE SAINT JEAN DE LA CROIX

—————

Le R. P. Spiridion de Marie Immaculée, Carme-Déchaussé, dans un rapport au Directeur de la revue qui porte le nom de notre Saint, démontre magistralement les titres de saint Jean de la Croix au Doctorat, et en expose les raisons *de mérite, de convenance* et *d'opportunité.* Ces preuves solides, que nous allons résumer, nous font espérer que ni le vote favorable de l'Episcopat ni l'adhésion du Saint Siège ne sauraient faire défaut à la cause de ce Doctorat

I

Au sujet du mérite, tout le monde connaît les enseignements de Benoît XIV : *Pour qu'un personnage soit déclaré Docteur, trois conditions sont requises, à savoir : une doctrine éminente, une insigne*

sainteté, et, en outre, la reconnaissance
de ce titre par le souverain Pontife ou
un concile général légitimement assem-
blé. (L. 4, p. 2, c. II, § 13.)

Or, que les deux premières qualités
requises pour le Doctorat — la science
éminente et l'insigne sainteté — se trouvent réunies au delà de toute exigence
en notre saint Père Jean, il suffirait pour
le prouver de rappeler ce que la Bulle de
canonisation dit de lui : *Jean de la Croix
fut véritablement destiné par le ciel à
collaborer au grand œuvre de la servante
de Dieu* (Térèse). *Son innocence admirable, son assiduité à la contemplation
des choses célestes, l'âpre austérité de sa
vie, l'éclat de ses étonnantes vertus, le
don des miracles et des prophéties, qu'il
avait reçu, ainsi que celui d'éclairer par
ses écrits, les mystères de la théologie
mystique, le rendent illustre à l'égal
de sainte Térèse.* On sait d'ailleurs que
l'Eglise elle-même, en plusieurs endroits,
appelle *céleste* la sagesse de sainte Térèse. — *Elle a écrit*, nous dit l'Eglise,
de nombreuses pages d'une sagesse toute

céleste. (Lect. V.) Et ailleurs : *Nourris-sons nos âmes du pain de sa doctrine céleste* (oraison de sa fête).

Ainsi, notre Saint égala sainte Térèse par ses vertus, ses miracles, ses prophé-ties, et par le don d'éclairer dans ses écrits les mystères de la théologie mystique. Il y a plus : dans cette même théologie mystique, non seulement saint Jean est sans égal, mais il surpasse, à lui seul, tous les Pères et les Docteurs qui trai-tèrent cette partie sublime des sciences sacrées. Saint Denys l'Aréopagite, saint Grégoire le Grand, saint Bernard, Denys le Chartreux et nombre d'autres ont traité de la contemplation des choses divines, et écrit d'admirables pages sur les opérations de Dieu dans les âmes qu'il épouse, sur leurs transformations et sur leurs fian-çailles mystiques. Mais les uns envelop-pent leur doctrine d'un mystérieux nuage qui ne permet de la saisir qu'à un petit nombre d'esprits supérieurs; les autres présentent des fleurs d'un parfum suave, il est vrai, mais, parsemées çà et là dans les prés luxuriants de leurs belles œuvres,

elles ne forment pas un tout compact, un
ensemble méthodique et harmonieux qui
puisse proprement mériter le titre de
science théologico-mystique. D'autre part,
aucun ne possède cet art admirable d'ap-
pliquer les théories les plus abstraites à
la direction pratique des âmes dans l'âpre
sentier de la perfection, art qui caracté-
rise les œuvres de sainte Térèse. Or, ici
encore, notre Saint marche l'égal de Térèse. Son œuvre est vraiment un corps de
science mystique, théorique et pratique,
parfait de tout point, et absolument unique
en son genre. Sa doctrine ne pouvait s'har-
moniser ainsi qu'à cette lumière céleste
qui était pour Jean comme ordinaire et
naturelle, et dans laquelle il plongeait et
absorbait sa vie tout angélique et divine.

Et assurément, contre cette doctrine,
le promoteur de la foi ne pourra pas
objecter, comme il l'a fait déjà pour d'autres Docteurs, qu'elle n'est pas éminem-
ment sublime et extraordinaire ; car on
lui répondrait à bon droit ce que Pie VII
avait déjà répondu au sujet de saint Li-

guori : « Les personnes doctes elles-mêmes
reconnaîtront facilement quel secours extraordinaire leur offre Alphonse - Marie
(nous dirons, nous, saint Jean de la
Croix). »

S'il faut de plus, d'après saint Isidore,
qu'un Docteur de l'Eglise possède la
science des Ecritures, — *cui etiam scien-
tia Scripturarum necessaria est* —, qui,
plus que notre Saint, fit de la plus divine
de toutes les sciences son aliment quotidien, continuel ? Vous chercheriez peut-
être en vain, dans toutes ses œuvres, une
seule citation de Pères ou de Docteurs de
l'Eglise : elles sont simplement un commentaire sublime, divin, des saintes Ecritures, dont la synthèse admirable forme
un corps de théologie mystique.

Aussi, son autorité, comme celle de
sainte Térèse, est-elle incontestée dans
l'Eglise. Saint Alphonse lui-même, ce
Docteur insigne, dans ses œuvres ascétiques et mystiques, y a souvent recours
comme à un phare lumineux ; et quelle
que soit la controverse soulevée, il la con-
sidère comme tranchée, dès qu'il a en sa

faveur l'autorité de sainte Térèse ou de saint
Jean de la Croix. Nous n'hésiterons même
pas à affirmer que cet ange de la Croix
possède en théologie mystique toute l'autorité de saint Thomas d'Aquin en théologie dogmatique. Plusieurs auteurs,
d'ailleurs, ont employé cette comparaison
pour faire ressortir toute la sublimité de la
science de Jean dans cet ordre de vérités.
Bossuet, ce grand flambeau de l'Eglise
de France, nous en offre une preuve.
Dans sa savante *Instruction sur les états
d'oraison*, il oppose aux faux mystiques
et aux quiétistes de son siècle, l'autorité
des mystiques orthodoxes. Or, il cite en
première ligne, et comme autorité incon-
testable, le B. Jean de la Croix que, peu
de lignes après, il appelle *docteur*. Ailleurs, contre les doctrines erronées des
molinistes touchant la passivité constante
de l'âme en tous ses états, le même Bossuet prouve que l'âme se donne à Dieu
aussi activement et librement que Dieu
se donne à elle, et que c'est dans ce sens
qu'on doit entendre les paroles de Clément d'Alexandrie : « L'homme prédestine

Dieu comme Dieu prédestine l'homme. »
Bossuet ajoute : *Le B. Jean de la Croix
le dit en propres termes*, et il cite les
paroles de notre Saint à ce sujet.

Le postulateur du doctorat de saint
Alphonse faisait observer que « sans aucun doute celui-là était digne du titre de
puissant génie, qui, dans une science
obscurcie d'épaisses ténèbres et semée
d'épines, avait ouvert une voie sûre et
facile pour atteindre la vérité, et l'avait
fait suivre avec tant d'attraits, qu'il avait
conquis l'estime et les suffrages de toutes
personnes versées dans ces matières ». Or,
est-il nécessaire de rappeler quelles ténèbres les faux mystiques avaient répandues
sur la voie, par elle-même déjà si obscure,
de la contemplation passive ? Les obstacles
dressés sur cette route étaient si nombreux, que notre Saint lui-même dit ex-
pressément dans le préambule de ses œuvres : « Les peines corporelles et spirituelles par lesquelles doivent passer les
personnes qui tendent à l'état de perfection sont si indéfinies, si graves, si profondes, qu'aucune faculté humaine ne les

peut comprendre, et que l'expérience
même ne suffit pas pour les décrire. Voilà
pourquoi certains confesseurs et pères spirituels, ignorant cette voie et dépourvus
d'expérience, sont plutôt une occasion
de ruines et de damnation pour les
âmes, etc... » Et maintenant que notre
Saint ait, au milieu de ces ténèbres et de
ces épines, ouvert une voie sûre et facile,
qu'il l'ait montrée clairement et agréable-
ment, et qu'il ait ainsi conquis le suffrage
des personnes éclairées et compétentes,
nous en avons, entre autres, une preuve
dans l'attestation des cardinaux Torrès
et Déto. Ce témoignage se trouve dans les
Lettres de canonisation du Saint. On y lit,
en effet : « Jean a écrit quelques livres de
théologie mystique pleins d'une sagesse
céleste, et déjà répandus par plusieurs
royaumes. Le style en est admirable, et si
élevé qu'au jugement de tous, sa science
dépasse les forces de l'esprit humain et
qu'elle a dû lui être révélée du ciel. Leur
lecture aide puissamment à discerner les
vraies révélations des fausses, à mettre
les âmes sur la voie droite et à leur faire

embrasser la vie parfaite. » L'Université
d'Alcala, après avoir longuement examiné
les œuvres de saint Jean, ne craignit pas
de déclarer que « sa doctrine est si sûre
et si indispensable aux directeurs qui ont
à conduire les âmes dans les voies de la
spiritualité, qu'ils devraient l'avoir con-
stamment sous les yeux. »

II

Arrivons aux raisons de convenance.
Pour nous servir d'un argument employé
par le P. Henri Ramière à propos du
doctorat de saint François de Sales, nous
dirons : Nous avons un Docteur pour le
dogme, un pour la morale, nous en avons
un désormais pour la piété et l'ascétisme,
nous n'en avons encore aucun pour la
théologie mystique : cette partie pourtant
n'est pas d'une moindre importance ; or,
personne ne l'a traitée si excellemment
que saint Jean de la Croix.

On dira peut-être que sa doctrine ne
s'adresse pas à toute l'Eglise, que lui-

même l'a déclaré formellement lorsqu'il
a dit : « Je n'entends pas directement
m'adresser à tout le monde ; mais je parle
seulement à quelques membres de notre
saint Ordre primitif du Carmel, tant Frères
que Sœurs, qui m'ont demandé conseils. »
(Préambule.) Soit ! mais l'Ange de l'école,
en éditant son immortelle Somme, ne se
proposait-il pas surtout de diriger ses
jeunes étudiants ? Et, pourtant, que de savants ont travaillé et travaillent encore sur
ses œuvres ! Saint Alphonse ne composa-
t-il pas sa morale pour les clercs de sa
Congrégation ? Et, aujourd'hui, n'est-elle
pas devenue la morale de l'Eglise catholique ? Saint François de Sales avait écrit
sa Philothée pour une âme qui s'était mise
sous sa direction ; et voici que toutes les
âmes pieuses y trouvent aussi leur direction, leur règle et leur force. Au demeurant, si Jean n'avait pas pour but principal
de s'adresser à tout le monde et d'instruire
l'Eglise universelle, ce dessein n'avait pas
été exclu, et, malgré son humilité, il le
réalisa admirablement. Où, en effet, aujourd'hui, les directeurs spirituels dignes

de ce nom vont-ils puiser des règles sûres
pour diriger les âmes dans les sentiers les
plus âpres de l'oraison, infuse et passive
surtout ? dans les ouvrages de notre Saint
qu'on a surnommé le Mystique de la
Croix.

Aussi bien, déclaré Docteur, saint Jean
compléterait le savant triumvirat de la
théologie morale, ascétique et mystique,
cette triple science qui a projeté tant de
gloire sur l'Eglise à notre époque. Unis
au Docteur angélique du dogme, les
trois représentants de cette théologie for-
meraient ce mystérieux nombre quatre, qui
par une disposition de la sagesse divine
se rencontre déjà dans les quatre grands
prophètes, les quatre évangélistes, les
quatre premiers conciles généraux (1), les
quatre principaux Pères grecs et latins. Ils
représenteraient même glorieusement les
trois grandes nations latines, l'Italie, la
France et l'Espagne : l'Italie, siège du

(1) Saint Grégoire le Grand a statué, on le
sait, que les quatre premiers conciles généraux
auraient droit au même respect que les quatre
Evangiles. (*Note du traducteur.*)

successeur de saint Pierre et gardienne
de la foi et de la morale, par son Docteur
du dogme (saint Thomas), et son Docteur
de la morale (saint Alphonse) ; la France
où prit naissance la triste école de l'hypo-
crite Jansénius qui, sous le masque de la
piété, portait à l'incrédulité et au déses-
poir, par son Docteur de la piété (saint
François de Sales) ; l'Espagne enfin, ber-
ceau des faux mystiques, dignes fils de
l'impie Molinos, par son Docteur de la
théologie mystique (saint Jean de la
Croix).

III

En aucun temps, à tous égards, la proclamation de ce doctorat ne saurait être
plus opportune. Elle mettrait son couron-
nement au doctorat catholique qui, pour
la direction pratique des consciences, manque encore d'un représentant officiel dans
la théologie mystique. Elle coïnciderait
heureusement avec le trois centième anniversaire du trépas de notre Saint, et, surtout, elle serait la condamnation solennelle des honteuses aberrations de notre

âge, qui, en proie au matérialisme et au positivisme, ne croit plus à l'ordre surnaturel.

Nous nous arrêtons là, content d'avoir brièvement résumé les raisons qui, à notre avis, peuvent plus directement militer en faveur du doctorat de notre saint Père, Jean de la Croix. Nous espérons que d'autres, plus experts en ces matières et plus habiles, remporteront la victoire tant désirée. Leur travail attirera sur eux les plus douces bénédictions de notre mère, sainte Térèse. Déjà, elle voit avec joie et bénit du haut du ciel le réveil qui se fait en faveur de la glorification de son cher premier-né. Cette glorification était d'autant plus méritée par saint Jean, que jusqu'à son dernier soupir il s'y était héroïquement soustrait : *Emori nulli sub honore notus instat habetque : Mourir loin de toute dignité, inconnu, fut son ambition; Dieu l'exauça.* (Hym. fest.)

TABLE

———

———

Lyon. — Imprimerie Emmanuel Vitte, rue Condé, 30.

LYON

IMPRIMERIE

EMMANUEL VITTE

Rue Condé, 30

LYON

www.ingramcontent.com/pod-product-compliance
Lightning Source LLC
Chambersburg PA
CBHW060810250626
47162CB00005B/1732